末期がんでも元気に生きる

――「がんとの共存」を目指して

石 弘光
Ishi Hiromitsu

ブックマン社

末期がんでも元気に生きる

——「がんとの共存」を目指して

はじめに

東京医科歯科大学付属病院で、2016年6月に膵臓がんが見つかった。これは5年前から膵臓にあった嚢胞が突然がん化したもので、毎年検査を受け注意していたにもかかわらずすでにリンパ節と肺へ転移していた。ステージ4bでまさに、末期がんであった。

末期がんと聞くと多くの方々は、入院して治療を受けるかあるいは自宅で静かに療養していると考えるらしい。ところが私は、数日間検査入院した他に、抗がん剤の点滴を最初の2回、病院のルールに従い入院して投与してもらった以外は、日常的にはまったく健常者並みの生活を送ってきた。通常の治療は、1~2週間に1回通院して受けているので日常生活には殆ど影響がない。スポーツジムにも通っているし、月に1、2回は泊りがけで旅行にも出掛けている。

いわば私は、元気ながん患者なのだ。がんが見つかって7ヵ月目に、ある雑誌で垣添忠生先生（国立がんセンター名誉総長）と対談したが、そのときに「これほど元気で前向きな末期膵臓がん患者を見たことがない」と元気づけていただいた。

もちろん、抗がん剤の様々な副作用には悩まされたがそれを表に出すこともなく、明るく元気に振舞っている。抗がん剤の影響で、頭髪がほとんど抜け落ちたために最近スキンヘッドにした。このために帽子は手放せないが、外見上はまったく普通の人である。

エベレストに女性で最初に登頂した登山家の田部井淳子さんが「病気になっても病人にならない」(『再発！それでもわたしは山に登る』214頁)という言葉を残して、がん患者として死ぬ直前まで山登りを続けられ、そして静かに旅立たれた。私もこの言葉が大好きで、常日頃それに従おうと思っている。

本書は、このような末期膵臓がん患者のがん発覚からの1年間を書き綴ったものである。突然がんが見つかった経緯について、晴天の霹靂として受け止めたことが第1章で全体のストリーの前奏曲になっている。そして高齢者ががんに罹患した心境と、働き盛りの世代とは異なり末期がんを比較的スムーズに受け入れた背景を第2章で淡々と語った。

第3章から第5章にかけ、がんが見つかって以降の具体的ながん治療の経過を逐次追いかけ、その内容及び成果を詳しく述べた。

私の場合、がんの遠隔転移があったため、手術や放射線治療を受けることは不可能で、抗がん剤治療という化学療法が残された唯ひとつの手段であった。がんを手術によって除去できない以上、結局がん細胞は身体に残ったままの状況を甘受するしかない。となるとがんにおとなしくしてもらい、がんと仲よく共存するしか道はないことになる。

第3章で、このがんとの共存を目指して最初の抗がん剤投与が2ヵ月ほど行われ、それが劇的な効果を挙げたこと。そして第4章で、一旦おとなしくなったがんがまた活動を始め、新たに抗がん剤治療が行われ、私に適合する抗がん剤の種類そして組み合わせを模索した過程を、検査結果を交え詳しく語っている。この二つの章で、厳しい抗がん剤の副作用を経験した患者の目で整理した。

最後の第5章で、がんとの共存を可能にするためには、マイルドな副作用でQOL（生活の質）を維持しながら、がん自体を休眠状態にする抗がん剤と出会うこと、いわば「青い鳥」と巡り会うことが不可欠だと強調した。そして巻末補論として、「高齢者とがん」について語り合った垣添先生との対談（『中央公論』2017年3月号）が、再録されている。

私は本書を、不幸にしてがんに罹患された患者のみならず、がん患者を広く介護や看護されている方、その他一般の方々に読んでもらいたいと思っている。国民の2人に1人はがんになるという時代である。がんはわれわれのごく身近に存在しているにもかかわらず、患者相互あるいはその関係者の間で、実際に受けているがん治療の情報の開示とその交換が不足していると私は考えている。

がん患者になった今、私はこのような情報に飢えているといえよう。そこで自ら情報提供をしたいというのが、本書を執筆した動機のひとつである。

出版事情が非常に悪い中で、関原健夫さんのご尽力によりブックマン社から刊行の運びとなった。関原さんについては、がん患者グループの間で非常に有名な方で、略歴の紹介も必要ないであろう。この場を借りて改めて御礼を述べたいと思う。またブックマン社の小宮亜里編集長には迅速かつ手際よく編集していただき、思ったより早く本書を刊行していただいた。私のように時間の限られた者にとって、何よりの贈り物である。

最後になってしまったが、末期がん患者にもかかわらず1年以上、的確な治療をしいつも私を元気な状態にしていただいている主治医の伴大輔先生（東京医科歯科大学病院胆肝膵外科）に、心より感謝の意を表したい。またがん発覚以後、三度の食事に気をつけ、日夜にわたり面倒をみてくれている妻の眞美子に本書を捧げたいと思う。

２０１７年　盛夏

石弘光

目次

はじめに　2

第1章　晴天の霹靂
——膵嚢胞が、突然がん化した——

1　発病とその経過
がんとの出会い　15
もうひとつのチェック　18

2　検査入院
入院手続き　20
検査入院の日々　24

3　結果の説明とセカンド・オピニオン
膵臓がんのすごさ　28

想定外のステージ4bの末期がん 33
セカンド・オピニオンの勧め 37
励ましのメール 40

4 抗がん剤治療に備えて
治療方針の決定 46
抗がん剤の副作用 48
抗がん剤は効くのか 50

第2章 高齢者が、がん・死に直面したとき
——働き盛りの世代とは異なる——

1 末期がんをどう受け止めたか
もはや、働き盛りではない 55
余命は知らない方がいい 57
キューブラー・ロスによる死の受容 61

2 高齢者とがん
細胞の老化とがん 64
がんは高齢化現象 65
難治がんに罹患して 69
3 死生観と人生幕引きの選択
ミャンマーでの体験 72
山岳部での体験 74
今後の罹病の可能性と認知症 75
終活の作業 77
4 がんと仲よく共存したい
難治がんの実態 81
明るく元気な患者でいたい！ 83
別の世界を見た！ 85
家族の存在 88

第3章　「がんとの共存」への第一歩
——抗がん剤治療始まる——

1　抗がん剤とその副作用

再入院と病院生活　93
第2回目の抗がん剤投与　96
通院による抗がん剤投与——その1　97
通院による抗がん剤投与——その2　100
外来化学療法・注射センター　103
他の医師のサポート　105

2　抗がん剤治療の試練

だるさ・倦怠感　107
脱毛と帽子　109
食事と味覚障害　111
湿疹と痒み　112
爪と皮膚の変色　114

しびれとむくみ　115
3　抗がん剤治療と共に暮らす日々
書斎生活　117
食事と体重管理　118
ジムとウォーキング　121
三々会と渡辺恒雄氏の激励　123
4　劇的な効果
骨髄抑制の制約　125
CTによる検査とその結果　128
腫瘍マーカーの動向　130
第4章　治療の第2弾
——がん生活とQOL（生活の質）の維持——
1　抗がん剤との生涯の付き合い

抗がん剤の蓄積効果　135
新たな処方箋　137
抗がん剤治療とＱＯＬ　139
吉田信行さんに会う　141

2　がん治療・生活とＱＯＬ維持
教え子たちと交流　142
スキーとその仲間たち　144
エコノミスト村　147
囲碁ライフ　149

3　抗がん剤の副作用その後
改善した頭髪と髭　151
長引く副作用　152
垣添忠生先生との対談の反響　154

4　定期検査とその結果
３ヵ月ごとのチェック　157

がんが目覚めた！　159
肺に転移しても膵臓がん　162

第5章　果たして「がんとの共存」は可能か

――「青い鳥」を求めて――

1　「がんとの共存」の条件

理想的ながんとの共存とは何か　165
抗がん剤の薬剤耐性　167
「青い鳥」は存在するか　169
抗がん剤の効きめ　171

2　セカンドラインの治療

アブラキサンの再投与とその副作用　174
新潟大学の若井俊文教授と会う　177
ＴＳ－１に切り替える　178
ＴＳ－１とその副作用　182

関原健夫さんご夫妻に会う　186
その後のがんの進行状況――3回目のCT検査の結果　187

3　がん患者として1年！

抗がん剤治療と向き合って　188
夫婦で明るく楽しい生活を　192
日本経済新聞への寄稿とその反響　195

4　「天寿がん」を願って

私にとっての「天寿がん」とは　197
アブラキサンの再々投与　199
高齢がん患者の他の病気　201
X-dayを見据えて　203

巻末補論　「高齢者とがん」――垣添忠生氏との対談　207

毎日が自然体――妻からの一言　石眞美子　224
結びに代えて　228
参考文献　232

第１章

晴天の霹靂

——膵嚢胞が、突然がん化した——

1　発病とその経過

がんとの出会い

私の人生の最後のドラマは、２０１６年６月末の夕刻に受けた電話から始まった。

電話は、東京医科歯科大学付属病院（以下東京医科歯科大学病院と略す）老年病内科の沼野藤江先生からかかってきたものである。２週間ほど前に受けたＭＲＩ検査（磁気共鳴画像診断装置）の結果、膵臓《すいぞう》にある嚢胞《のうほう》に異常が見られるので、検査入院をして欲しいとのことであった。この嚢胞は15㎜ほどあり、すでに5年前から存在がわかっていたもので、膵嚢胞といわれるものであった。しかし毎年検査を受けても、変化せず何ともないといわれてきた。

電話を受けた当初は、入院して検査とは大袈裟な、通院して必要な検査を受ければいいじゃないか、というのが私の反応であった。検査入院といわれてもピンと来ずに、たいしたことはあるまいと高を括っていた。とはいえ長年私の身体をチェックしていただいている沼野先生のご指示通りに、入院することにした。

膵臓の中に嚢胞があることを知ったのは、２０１１年夏に東京逓信《ていしん》病院の人間ドックを受けたときのことである。超音波検査（エコー）の結果、検査レポートに「膵管拡張が見られました。従来どおり、経過観察が必要です」という記述が載っていた。エコーで診ると膵管のところに通常1㎜くらいの隙間が見られるのだが、それが2〜3㎜に拡大している。これは膵臓内に何か異物があるというシグナルのようだ。

早速、沼野先生にこのことを話したら、MRIで精密検査をした方がいいということで、東京医科歯科大学病院で造影剤を投与したMRI検査を受けることになった。その結果は、やはり膵臓に嚢胞があるというものであった。膵臓の内部に異常に増殖した細胞が溜まる袋（腫瘍）が嚢胞であり、いわゆる膵嚢胞といわれる疾患である。この嚢胞（膵管内乳頭粘液性腫瘍――IPMN）は通常7〜8割は良性で問題がないらしい（参照、伊佐地秀司『すい臓の病気と最新治療&予防法』98頁）が、一部がん化の恐れもあるということなので、それ以降は毎年チェックすることにしていた。しかしこの年までは毎年、問題なく推移していた。

たとえば2014年7月3日のMRIの画像検査の結果を見ると、次のように記載されている。

〈所見　膵体部に1．5㎝大の多房性嚢胞性病変を認める。はっきりした充実性部分は指摘できない。主膵管はやや描出が目立つも、明らかな拡張は指摘できない。

Impression　膵体部１．５cm大の多房性嚢胞性病変――前回と比較して著変を認められませんでした〉

毎年このような状況がくり返されていたので、すっかり安心していた。この造影剤入りのＭＲＩ検査は、他の臓器への悪影響が心配され、事前に必ず承諾書にサインを求められることから、リスクもつきものだと感じていた。年1回以上の検査は有害でできないとのこと。他の検査も含め、もう少し頻度を増してこのＭＲＩを受けておけばより早期のがん発見が可能でなかったかとの批判もあり得よう。しかし当初から、嚢胞のがん化の怖れはそれほどないと沼野先生も私も考えていたし、そして造影剤の副作用を考えれば所詮無理な話であったことと思う。

しかしながら、先述のように２０１６年６月16日に例年のように造影剤入りのＭＲＩ検査を受けたとき、明らかに異なる所見が報告されていた。「膵体部に37㎜×24㎜の腫瘤があり――膵体部膵がん、傍大動脈リンパ節転移の疑い」というものであった。

そして同時に行った腹部の超音波検査には、「膵体部膵がん、傍大動脈リンパ節転移疑う病変を指摘」との結果が示されていた。

これを見て、沼野先生は急遽私に検査入院を勧められたのである。このような検査結果を後になって見て、通院の簡単な検査では処理しきれなかったのだと私も納得した。

もうひとつのチェック

私の膵臓がんに関し、もうひとつ別のチェック材料があった。私は、2010年1月にがん研有明病院で前立腺がんの全摘手術を福井巌先生の執刀で行ってもらった。術後すぐの3年間は年2回、その後は年1回、定期的に経過観察をしていただいていた。血液検査の他、採尿、腹部の超音波検査などを行い、肝臓など他臓器への転移の有無を念入りにチェックしてもらっていた。この過程で、膵管拡張があり膵臓に嚢胞があることもすでに把握されていたのだ。

2012年7月の超音波検査の結果を見ると、次のような所見がなされている。


〈膵臓の膵管径は3㎜、軽度の拡張所見はあるが、平滑に拡張で変化はない。結節性病変は指摘できない。転移の所見はない〉

毎年の超音波検査のリポートは、その後も変化せずこのような形で推移していた。そのうえ福井先生は、毎年の定期検査で行う血液検査の項目に、膵臓の腫瘍マーカーであるＣＡ19－９（シーエーナインティナインと読む）というマーカーを入れておいてくださった。この値は、基準値が37.０以下の範囲に収まっているなら問題ない。前立腺がんの肝臓や膵臓などの臓器への転移を怖れられたからであろう。ほぼ毎年、この値は次に示すように、正常値の範囲内にとどまっていたから、すっかり安心していた。

〈ＣＡ19－９の値〉
２０１２年７月25日　３.２
２０１４年７月16日　２.４
２０１５年７月15日　８.０

確かに嚢胞ががん化した前年の２０１５年には若干上昇しているが、上限の37.０よりはるかに低く、問題にすべきような状況になかった。後述するように２０１６年７月に検査入院した折、この値が急激に上昇を示し事態の深刻さを裏付けるものとなった。

2　検査入院

入院手続き

２０１６年６月末に東京医科歯科大学病院老年病内科の馬渕卓先生から連絡があり、入院の日取りについての相談があった。具体的に7月11日から3泊４日ということで、すでにいくつか予定があったが、当然、入院を最優先させねばならなかった。

とりわけ、私のゼミの教え子である滋賀県の三日月大造知事を、同期の連中と家族連れで訪問しようという旅の計画が前々からあったが、涙を呑んでキャンセルすることにした。これについては後になって、三日月君自身が日本経済新聞の「こころの玉手箱」でエッセイを書き（２０１7年5月9日付）、次のように述べている。

「卒業20年を過ぎて昨年7月、ゼミの同期会を開いた。『三日月が知事になったのだから滋賀でやろう』ということで石先生ご夫妻も一緒に長浜の老舗旅館で泊りがけの会を企画した。ところがその直前に、先生が検査を受診されることになり残念ながら不参加、集まった20人近い同期生たちはみながっかりした」

奥さんのみならず子ども連れのゼミのメンバーもいたので人数が拡大した。私ども二人も楽しみにしていただけに、本当にがっかりした。教え子との交流がわれわれの老後の楽しみであったからだ。さて、ここで書かれている「検査」こそが、ドラマの始まりであった。

当時の状況から勘案して、検査入院は避けられない選択であった。年齢80歳を目前にして全身のチェックをしてもらうのは悪くないと自分を納得させ、入院に前向きになった。沼野先生の患者ということで、7月11日（日）の午前中、病棟の13階にある老年病内科のフロアの病室に入院した。入院にあたっては様々な手続きのため書式の提出が求められた。とりわけ関心を持ったのが、患者が診察結果をどの程度知りたいかという事前の調査である。一昔前のがんに関する書物といえば「がん告知」の是非に関し、医師と患者の葛藤を巡る内容のものが多かった。

しかしいまや個人情報を尊重する時代に入り、患者が自分の病気の内容・程度を知る権利を持つようになった。と同時に、医師も患者の理解の上に治療を進める方がよいし、ましてや医療訴訟も惹起されることもあるので、患者に対し情報開示が必須との判断が生まれたといえよう。とはいえ、アメリカ社会のように医師がストレートに患者に重篤ながんや難治性疾患を伝える環境には未だなっていない。そこでまず検査結果の伝え方についての患者の希望を聞くというスタイルを取ったものと思われる。私自身、左図にあるような「今回の診療についての患者ご本人のお考え」という書式に、記入し提出を求められた。ここで私は、いかなる病状でも、すべてを詳細に知りたいという態度を貫くことにした。

と同時に、「今回の診察についてのご家族のお考え」で家内の意見も求められた。このような問題に関し、日頃から夫婦二人でよく話し合っていたので、口裏を合わせることもなく「すべての情報を知りたい」ということで、期せずして私と同意見となった。

もうひとつ関心を持ったのは、個人情報の保護の観点からであろう、見舞客に病室などを教えてよいかとのアンケートであった。私は、元来「見舞いに行く」のも、「見舞いに来られる」のも大嫌いなので、躊躇することなく私に関する情報の開示は一切お断りする旨の回答をした。もし見舞客に来られると、そのたびごとに病状を説

表1.1

診　療　お考え１

今回の診療についての患者ご本人のお考え

西暦： 2011年 7 月 23 日

患者氏名（署名）

住所

これからの治療に際して、患者ご本人の意志を尊重した治療を進めていきたいと考えています。その際の参考とさせていただきますので、下記の質問にお答え下さる様お願い致します。

●ご自分の病気についてどの程度、医師から説明を受けたいと思われますか？

１）詳細に説明を受けたい
２）簡単に説明を受けたい
３）その他

●病気の説明を受ける場合、まず誰に説明をしたらいいと考えていらっしゃいますか？

１）私自身の後、家族にも話してもらいたい
２）家族の同席の上、話してもらいたい
３）私自身のみ、家族には話してもらいたくない
４）まず家族に話してもらいたい
５）その他
・あなたの病気について特に説明してもらいたい方がいらっしゃればそのお名前をお書き下さい。
（　　　　　　　　　　　　　　　　　　）

●あなたの病気が癌や難治性疾患でも、本当の病名をお知りになりたいですか？

１）はい
２）いいえ：その場合、あなたの病気の診断、治療について全てをお任せになりたい方のお名前をお書き下さい（　　　　　　　　　　　　　　　　　　）

●もしあなたが癌あるいは治りにくい病気だとして、家族が、あなたに病名を告げることに反対している時、あなたはどうしますか？

１）それでも正しい病名を知りたい
２）家族の意向に従う
３）その他

●この病院では、診療の他に医学の教育や研究も行われています。この病院で行ったあなたの治療経過、診療録などを医学の教育や研究の資料として提供することに異議はありませんか？

１）プライバシーが守られれば異議はない
２）プライバシーが守られても異議がある
３）その他

●より質の高い開かれた医療を目指すために、診療諸記録の開示申請ができるようになっています。ご家族から開示申請があった場合、あなたの診療諸記録をあなたのご家族に開示してもよろしいですか？

１）はい
２）いいえ
その場合、あなたの診療諸記録を開示してもよい方のお名前をお書き下さい（　　　　　　　　　　）

（東医歯大医病　改訂１版　2006.1）

明しなくてはならず煩わしいうえ、まだ病み疲れてはいないが、いずれそうなったときに元気な私のイメージが消し飛んでしまうという思いもあった。

いずれにしろ病室では見舞客など迎えずに、静かにときを過ごしたいと考えていた。さて病室に入って備品を調べると、やはり不足の品もいくつかあったので、家内が売店に行ってそれらを揃えてくれた。これで3〜4日間、病室で過ごせる環境が整ったことになる。病室で寛いでいると、馬渕先生が、私の面倒をみてくれるお二人の若い担当医を伴って来室された。早速、「入院診察計画書」を手渡されたが、その中に病名――膵嚢胞、治療計画――入院後の経過や検査結果に応じて適宜治療を行います、などの記載があった。そして4日間に関する具体的な診察の「予約情報」が手渡され、どんな検査をするのかはっきりとしてきた。

検査入院の日々

入院初日。通常の入院患者と同様、まず血液検査のために採血、呼吸器機能検査そして胸のレントゲン、心電図がとられた。午後、頸動脈エコー、腹部エコーが行われた。検査のたびごとに呼び出されては各々の検査室に行くことになる。しかし間断なく検査が行われるわけではなく、体調を考えてのことであろう、比較的時間に余裕があった。この時間を利用して簡単な原稿を執筆したり、持参したDVDで映画など鑑賞してのんびりと過ごした。

2日目の7月12日も同じようで、午前中に造影剤入りCT（コンピューター断層撮影装置）の検査が行われた。

3日目も、午後にアブノモニター（睡眠中に無呼吸症候群になってないかの検査）があっただけであった。担当の両先生はよく病室に来てくださり、検査結果などの説明をいただいた。初日に行われた採血の結果表も、手渡された。概ね良好な結果であったが、しかしその中でひとつ、衝撃的な数値を発見した。膵臓の腫瘍マーカーがすごい値になっていたのだ。

CA19－9　　975．4

1年前は、わずか8．0に過ぎなかったのが（19頁参照）、120倍を超えるまでになっていた。

これを見た途端、私は容易ならざる事態を覚悟せざるを得なかった。

明らかに、膵臓がんの兆候であった。でもこのときはまだ余裕があった。というのは、毎年のごとく定期的にチェックしており、昨年は何ら異常がなかっただけに仮に嚢胞ががん化していたとしても、ごく初期の軽いものだろうと考えていたのだ。

午前中、東條尚子先生が病室に足を運んでくださった。東條先生は、呼吸器科の専門家であるが、長いこと検査部に所属されていたので、予約などで以前よりお世話になっていた。

6月のＭＲＩ検査の折もお世話になったが、その結果が今回の思わしくない状況になったので気にかけてくださっていた。無味乾燥な病室に知り合いの先生に来ていただくのは、実に心強いことであった。

4日目（7月14日）は、ＭＲＩとレントゲンによる骨密度検査（骨塩定量）があったが、それ以外に特に腰痛の検査もお願いし、レントゲンを撮ってもらった。これをいつもお世話になっている整形外科の大川淳先生（病院長）に診ていただくことにした。午後、肝胆膵《かんたんすい》外科の伴大輔先生が見えられ、今後私の担当医になるとのことであった。この時点でがんは既定事実となり、老年病内科の患者から、肝胆膵外科の患者へ正式に移されたようだ。夕刻、これらの検査を終え退院。久しぶりに帰宅でき、自宅でゆっくりすることができた。

翌7月15日の午後、ＰＥＴ（陽電子放射断層撮影装置）検査のためだけに病院に行く。

この検査にあたり、「ＰＥＴ検査について」という説明書を事前に手渡された。それによると、次のように検査をわかりやすく説明している。

〈通常、がんは、実際に腫瘍（できもの）ができたり、体に変化が起きてから見つかることが多く、がん細胞の成長がある程度進んでからでないと発見しにくい病気でもあります。早期発見のために、特殊な検査薬で『がん細胞に目印をつける』というのがＰＥＴ検査の特徴です。――ＰＥＴ検査は、がん細胞が正常細胞に比べ３～８倍のブドウ糖を取り込む、という性質を利用します。ブドウ糖に近い成分（ＦＤＧ）を体内に注射し、しばらくしてから全身をＰＥＴで撮影します。するとブドウ糖（ＦＤＧ）が多く集まる部分がわかり、がんを発見する手掛かりとなります〉

この一文は、大いに参考になった。検査室は病院の地下２階にあり、放射線の管理が厳重に行われている感じがした。説明のように、まずがんの早期発見のために特別な検査薬を身体に投与し、１時間程度安静にした。その後、薬が全身に回るのを待ってから専用の装置で身体を撮影した。がん細胞だけを見つける試みがなされたこのＰ

ET検査により、レントゲンなどの従来の検査に比べずっと小さい早期がん細胞まで発見することができるようになったようだ。私の場合も、この検査により遠隔の転移の可能性まで詳しく調べられた。

このPET検査で、すべての検査入院の予定は終了し、後はその結果を待つのみとなった。

3　結果の説明とセカンド・オピニオン

膵臓がんのすごさ

丁度その頃、徳島で肝胆膵外科の学会が行われていたようで、同科の先生方は出張で忙しそうであった。検査入院をしていた最後の日に主任教授の田邉誠先生が私の病室にお見えになり、7月16日（土）の夕方、徳島の帰りに病院に来るから、そこで結果の説明をしたいとのお申し出があった。しかしこの提案は、検査結果がすべて出揃わない可能性もあり、またそれを検討する時間も必要だからということで、結局20日

図1.1　田邉先生による膵臓がんのスケッチ

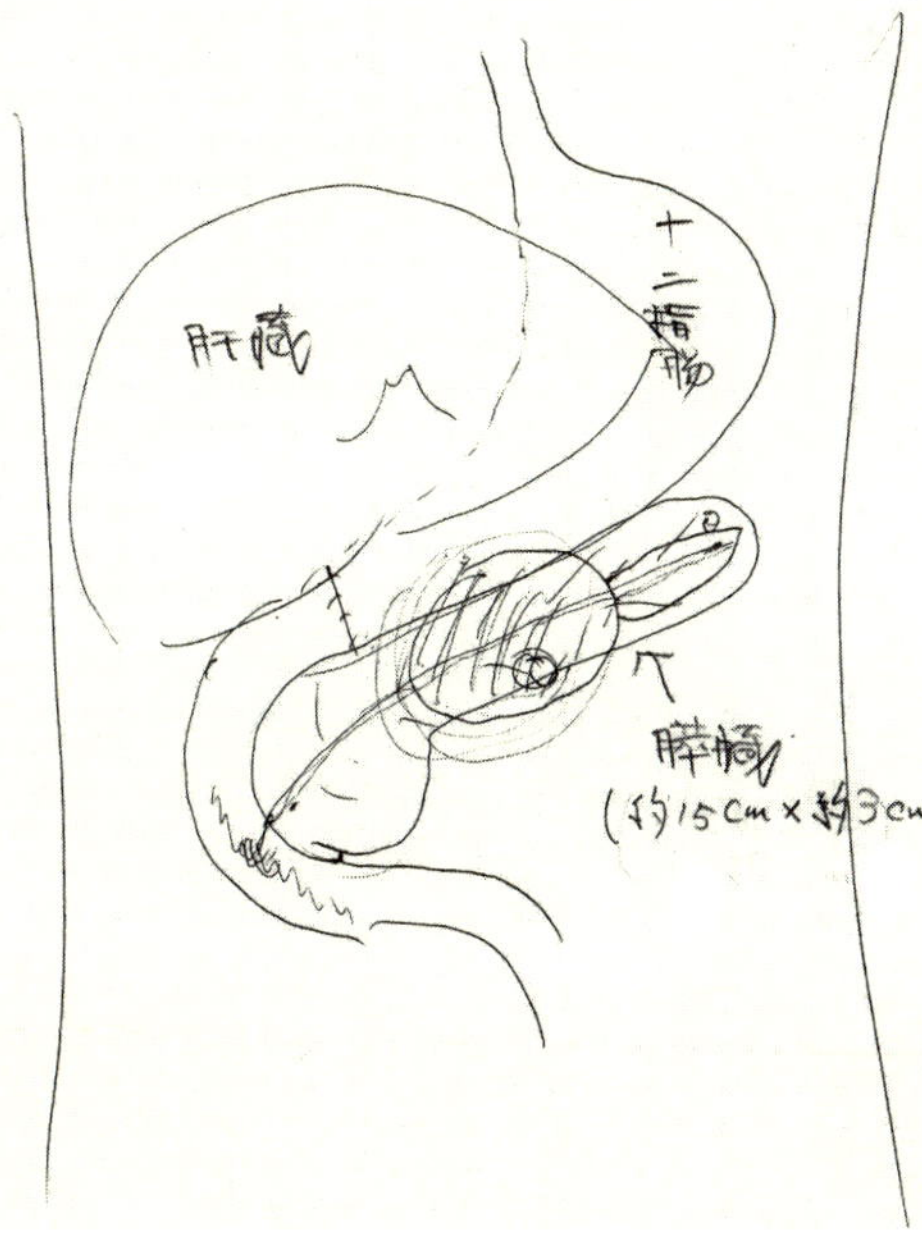

（火）の午前中に延期された。

その日の11時頃、家内同伴で田邉先生から検査結果を詳しく聴くことができた。担当医になる伴先生も同席されていた。これまでの検査結果に触れながら、丁寧にわかりやすく説明をしてくださった。まずＭＲＩ検査の図を提示された。膵体部の中央に大きな塊があるのがわかった。田邉先生が、わかり易いように簡単なスケッチを添えてくださった。

膵臓は、胃の裏側の背中に近いところに位置する横が約15㎝、幅が約３㎝ほどの小さな臓器である。その膵体部の真ん中、つまり主膵管の中央に3．7㎝大の腫瘍があり、更に末尾の方には小さいものがあるとの話だった。５年前から指摘されていた1．5㎝くらいの嚢胞が、短期間で急速にがん化したようだ。その大きさが、膵臓を突き破って外側にまで拡大しているのに驚いた。

更に衝撃的なことに、ＰＥＴの結果からすでに私の膵臓がんは肺とリンパ節に遠隔転移しているとのことであった。その検査報告書によると〈左鎖骨上、大動脈周囲リンパ節への転移を認めます〉とあり、また、肺への転移の可能性も高いようであった。ＰＥＴで撮影し全身を映した図で、左肩の上にひとつ黒い点があり、不気味に見えた。これがリンパ節に転移した個所である。

私は、膵臓がんといってもこれだけ早期発見に努力してきたのだから、見つかってもごく初期で治療も簡単であろうと考えていただけに、意外な結果であり晴天の霹靂だといわざるを得なかった。なぜ、こんなスピードで私のがんは成長したのか。

それを解くカギは、がんが直径１㎝くらいの大きさになると、がん細胞が分裂して増殖するたびに2倍、4倍、8倍、16倍……といったように、倍々ゲームで細胞数を増やしていくことにあった。つまりここを過ぎるとがんは、数学でいう右肩上がりの指数関数の形状のように、驚くほどのスピードで一気に爆発的な成長をするということだ（参照、立花隆『がん　生と死の謎に挑む』２３０－２３１頁）。私はこの説明を、書物で読んで納得した。

これは形式的には余命いくばくもない末期がん患者の状況である。

しかしながら、私も家内もまったく動揺はなく、平静に聴くことができた。多くのがんの体験記の書物には、がんの告知を受けたときの心の動揺、頭が真っ白になった様子、恐怖におののく、絶望感に打ちひしがれるなどの描写が生々しく記されている。なぜ私たち夫婦は、こんなに冷静に事態を受け止め得たのか、その理由も定かでない。が、人間生まれたからには、いつか死ぬのだといつも話し合っているので、わが家では死はそれほどタブー視するべきものではなかった。

表1.2　ステージ別　膵臓がんの分類

0期	がんが膵管の上皮内にとどまっている、（非《ひ》浸潤《しんじゅん》）がん。
1期	大きさが2㎝以下で膵臓の内部に限局しており、リンパ節転移を認めない。
2期	大きさが2㎝以下で膵臓の内部に限局しているが、第1群のリンパ節に転移を認める。または、大きさが2㎝以上で膵臓の内部に限局しており、リンパ節転移を認めない。
3期	がんは膵臓の内部に限局しているが、第2群のリンパ節に転移を認める。または、がんは膵臓の外へ少し出ているが、リンパ節転移は第1群までにとどまっている。
4a期	がんが膵臓の周囲の主要な血管や臓器を巻き込んでいる。
4b期	第3群リンパ節や離れた臓器に転移を認める。

※膵癌取扱い規約（第6版 補訂版）日本膵臓学会
（出所）『膵癌：肝臓の病気と治療』東京医科歯科大学 肝胆膵外科ホームページより

それにしても、家内が冷静に落ち着いて対応してくれているのに、大いに感謝した。それに私自身、体力、気力が充実しており健康体そのものであったので、死と直結する病気といわれてもピンと来なかったこともある。

想定外のステージ４ｂの末期がん

うかつにも、そのときまでがんの進行度を表す具体的分類を知らなかった。それでも一体、どのくらいのステージにあるのかと聞くと、〈ステージ４ｂ〉との話であった。

膵臓がんは、０期から４ｂ期の６段階に、がんの位置とその大きさによって分類されている。自分の膵臓がんはまだ０期だろう、悪くても１期だろうと考えていた。だがこの分類によると、私のケースは明らかに最後のステージ４ｂであった。

形式的には、私はまさに末期がんの患者となったのだ。

そもそも膵臓がんの場合、膵臓自体小さな臓器であることもあり、がんの本体が成長すると同時に、初期から他の部位に転移する習性があるとのこと。がんの進行度の現在の分類では、転移の有無を基準にするので、膵臓がんは見つかった段階で、すでに転移しており、ステージ４のケースが非常に多いとのことである。

この点、垣添忠生先生（国立がんセンター名誉総長）が、次のように指摘されている。

「2センチ以下の膵臓がんを見つけるということはかなり難しいのです。他のがんでしたら、2センチくらいで見つけられ早期がんといわれることもあるけれど、膵臓がんにかぎって2センチにもなっていると、もう周囲に浸潤を開始したり、リンパ節に転移していることも多いです。1センチ以下ならかなり成績はいいのですが、それくらいになると、発見するのが現状ではかなり難しくなる」

（垣添忠生『がんと上手につきあう法』277頁）

これに関し、国立がんセンターは2014年に、がんと診断された患者約67万人のデータを基に詳しく調査している。

その調査によると、膵臓がんと診断された約1万9000人の患者のうち、43.4%がステージ4で見つかっている。ステージ3が13.2%、ステージ2が26.9%、ステージ0－1は約1割にとどまっている（『日本経済新聞』2016年9月26日）。

膵臓がんが他のがんに比べて進行した状態で発見されるというデータは、これだけではない。もっと悲惨な状況として、『日本膵臓学会膵癌登録20年間の総括』（200

7年）によると、過去20年間の膵臓がんのうち約80％がステージ4の最も悪化した状況で見つかり、ステージ1と診断されるのは、わずか2％にも満たないのが現状だとされている（参照、跡見裕、阿部展次『「膵がん」と言われたら…』110頁）

このようにステージ4の膵臓がんの割合が大きく異なるが、膵臓がんの早期発見は困難で、進行した状態で見つかるという事実に変わりはない。というのも膵臓がんは体の奥にあるだけに、発見されづらいからである。

私の周りで膵臓がんに罹患した人を見ても、発見までに時間がかかっているのを見聞きすることも多い。食欲がなく体が痩せはじめ疲れやすいので病院で診てもらったが、入院して1ヵ月後にやっと膵臓がんの診断が下りたという知人もいる。

このように発見が容易でないとされるなかで、私の場合、初めからきわめて明確な形で膵臓がんだと診断された。診断で右往左往せずに済んだのはよかった。しかしこれだけ注意深くがん発生を慎重にチェックしていたのが、発見された段階で末期がんとは、なんとも皮肉な話であった。そのうえ、私には黄疸が出る、急激に体重が減る、疲れやすい、背中が痛い、腹部に膨満感があるなどの膵臓がん特有の症状は一切なく、元気そのものであった。突然、無理やりがん患者にされ、理不尽だという気持ちで一杯になった。

ただし、数週間前から腰痛を感じてはいた。私は40歳の頃から、腰椎《ようつい》分離・滑り症を患っており、それが慢性化していた。そこで定期的に整形外科の大川先生に診ていただいていた。そこで今回の腰痛も、従来と同じような腰椎の変形が原因と考えていたがどうもそうではなく、肝胆膵外科ではこの腰痛もがんが原因かもしれないと診断された。そして本格的な痛み止めの薬（カロナール、セレコックス）が処方されることになった。だが背中の痛みではなく、前々から経験済みの同じ場所の腰の痛みでもあるので、従来と同じような腰椎の変形ではないかとの考えも抜けきれないままであった。

田邉先生から病状の説明の後、どんな治療方法を取るのかの説明もいただいた。

これだけがんが遠隔に転移していると、がんの本体を手術することは意味がないということで、まず抗がん剤投与による化学療法で転移したがんを叩き、それでうまく消滅したら、根治に向けて手術も可能になるとのことであった。

しかし後で考えると、この説明は私に希望を与えるために先生が慰めの言葉をくれたようだ。私自身、80歳を目前にしたいま、手術のことなど念頭になかった。そして、がんが悪さをしないようにコントロールし、それと共存できたらいいなあと考えていた。

セカンド・オピニオンの勧め

一通りの病状並びに治療方針の説明の後で、どこか別の医療機関でセカンド・オピニオンを求めることを勧められ、これまでの検査結果を1枚のＣＤにまとめたものをくださった。これは、一昔前なら考えられなかったことである。診ていただいていた先生に気兼ねし、よほどのことがない限り患者の方から不安を口にできる話ではなかった。それが先生の方から勧めてくださるとは、時代も随分と変わったものだ。

東京医科歯科大学病院でもセカンド・オピニオン外来があるように、大きな医療機関ならいまやどこでもこの種の外来がオープンになっており、誰でも受診できるシステムができ上がっている。

私は、以前に前立腺がんを手術してもらった、がん研有明病院でセカンド・オピニオンを受けることにした。早速、福井先生にご紹介をいただき、肝胆膵外科担当部長の齋浦明夫先生を訪ねることにした。7月21日の午後、家内と連れ立って久しぶりにがん研有明病院を訪問した。いつも行く比較的患者が限られている泌尿器科とは別のところにある消化器センターへ行くと、すごい人の集まりでまず圧倒された。一人の患者に何人もの家族が付き添っているらしく、それも全国から集まっているようだった。中国語も耳にすることから、わざわざ中国からの患者も診断を受けに来ているらしかった。世間には私と同じようにがんに罹患し最適な治療を求めている人たちが、かくも多いのかと改めて考えさせられた。

齋浦先生に診断を仰ぐ前に、持参したCDをコピーする特別なセクションから呼び出しがあり、早速コピーをしてもらった。約束した予約の午後3時をだいぶ過ぎてから、先生の診察室に呼ばれた。看護師によると、先生は午前中の患者の診察が未だ続いており、午後にまで入り込んでいるとのこと。おそらく昼食抜きで診察に当っておられるのだろう。

超多忙にもかかわらず、われわれを温かく迎え入れてくださった。肝胆膵外科の分野では大変に有名な先生と聞いているが、明朗快活で気さくな年《とし》の頃40歳台で、まさに脂の乗りきった感じであった。早速、PC上に私の持参したCDの中からMRIの画像を映し出して見るや否や、「手術できるか否かのボーダーですね」と第一声を発せられたが、次に転移の箇所を見て、これでは無理だとすぐに結論された。

結局、抗がん剤により転移した部位を叩くのがまず必要だが、これが消滅し膵臓がん自体を手術で摘出できるとは期待しない方がよいとのこと。つまりセカンド・オピニオンでは、東京医科歯科大学病院の診断より、厳しい結論が示されたのだ。しかしこの齋浦先生の率直な意見を、私は何の抵抗もなく、いわば爽やかに受け止めることができ、客観的にわが身の置かれた状況は厳しいのだと痛感した。

だが、先にも述べたようにこれといったがんの症状は何もなく、体力、気力が充実しており元気一杯であっただけに、正直「なぜ、俺ががんなのだ」という気分だった。私たち夫婦二人にとってよくわからないことだったので、率直に先生にお尋ねした。

「このまま放置すると、どうなるのですか」

「2、3ヵ月の内に、がんは攻撃してきますよ」

先生はそう話したが、どうも実感が湧かなかった。

結局、治療方法は抗がん剤投与による化学療法しかなく、それなら東京医科歯科大学病院で治療を受けるのがいいだろうというのがセカンド・オピニオンの結論であった。私の主治医の伴先生をよく知っているので、その旨お伝えするとのこと。私たちもこの結論に大賛成で、一も二もなく、これまで通りに東京医科歯科大学病院にお世話になることにした。自宅からも近いし、何よりもこれまで長いこと数多くの先生方に診ていただいており、親近感と安心感があった。

励ましのメール

病気がはっきりし、これから闘病生活を始めようとしていた矢先、幾人かの方々から心温まる励ましのメールをいただいた。そのうち二つを紹介しておこう。

ひとつは、がん研有明病院の福井先生からのものである。私が持参したCDを見て、改めて診断をいただいた所見であった。

「カルテを拝見させていただきました。肺とリンパ節に転移があるとは驚きでした。この1年、いや半年くらいで急に進行が早まったものと考えられますが、まさに青天の霹靂ですね。私の患者さんにもジェムザール（注：ゲムシタビンのこと）の投与で、5年以上頑張った方がおられますので、先生にも頑張っていただきたいと思います。では9月7日にお待ちしております」（2016年7月25日）

後でわかったことだが、ここにある「私の患者さん」とは、手術不可能な膵臓がんを罹患した方のようであった。前立腺がんの術後の定期検診に毎年1回、福井先生のところに伺っていたが、今年はそれが9月7日になっていたわけである。お目にかかったときに、今回の私のがん化のケースは専門医も驚いたほどであったとの話を聞き、改めて、膵臓がんのすごさを知った。

もうひとつは、イタリアから来たものである。ミラノにあるボッコーニ大学には、若い頃よく集中講義に出かけていた関係もあり、マクロ経済を研究しているカルロ・フィリッピーニ（Carlo Filippini）教授とは長年、親しくしていた。夏休みを利用して来日するので、久しぶりに私に会いたいとの連絡を受けたが、まさに入院を控え、どうしようもない時期であった。再会して旧交を温めたかったが、やむを得ず、率直に膵臓がんに罹り入院して治療を受けねばならぬことを伝えところ、次のような激励が送られてきた。

「Dear Hiro
You will defeat the cancer! You are very strong, a real samurai as I perceive this figure. Wish to meet you soon. "in bocca al lupo" best regards, Carlo」

（２０１６年8月４日）

海を越えてのイタリアからの激励に、心打たれるものがあった。付け加えられていたイタリア語での激励"in bocca al lupo"は、"good luck！"の意味であった。
このような励ましのメールとは異なるが、同じ頃、大学のクラスメートのA君とのやり取りの間に、彼自身、私と同じ問題を抱えているのがわかった。
以下、そのメールの交信分で必要な個所のみ抜き出してある。

「A兄
昨日、お話しする機会がなかったのですが、小生7月にがんが見つかり、目下、抗がん剤治療を受けています。5年前から、膵臓にあった嚢胞（これ自体は、7〜8割は良性、何の悪さもしない）が突然がん化したわけです。転移しているので、そちらを叩いていこうということになりました。そこで手術よりまず抗がん剤治療になったわけです。抗がん剤の副作用（脱毛、味覚障害など）で悩まされていますが、見ての通り元気ですので、ご心配なく。日常生活は、普通にこなしています。
あまりご心配なく」
（2016年8月27日）

これに対し、A君から早速、返事が来た。

「石大兄
まさにびっくりしました。抗がん剤治療はなかなか大変と伺っていますが、どうぞ何はともあれ治療に励んでください。実は私も膵臓に嚢胞（英語名の頭文字でＩＰＭＮといわれています）があって、２０１４年2月から東大病院消化器内科で経過観察を継続しています。超音波検査、ＭＲＩ、ＣＴ検査を順繰りにほぼ1年で1サイクルということで、今のところは良性の判定ですが、貴兄のお話を承って、わが身も無関係ではないのかと、改めて認識しました」

（２０１６年8月27日）

このメールをもらい、私と同じような膵嚢胞を抱え、がん化のチェックをしている仲間がいるのかと正直驚いた。周囲を見渡してもこのケースはなく、私だけなのではと考えていたからである。

「Ａ君
私と同じ状態ですか。仲間がいたようでうれしいやら、心配やらです。私の経験から、1年サイクルのチェックでは、防ぎようがなきことが判明しました。おそらく転移が発生するような膵臓がんになるまで（ステージ4）、わずか数ヵ月であったろうと、私の主治医はこの急成長を見て、晴天の霹靂だといっているほどです。造影剤付きのＭＲＩ検査は、副作用が心配で年1回とのこと。エコーなどでは、十分にわからないでしょう。私は、昨年7月のＭＲＩ、エコーでは問題ありませんでしたよ。それにおすすめは、血液検査で膵臓の腫瘍マーカー（ＣＡ19－9）を入れておいてもらうことです。昨年7月まで、毎年基準値37以下の2ないし3でしたが、今年、一挙に970という異常値になりました。私は、これを見て膵臓がん間違いなしと観念したところです」

（2016年8月28日）

「石大兄

私のＩＰＭＮは、毎年受診していた日帰りドックで、2012年の超音波映像で膵臓の中に〝嚢胞〟があるとのことで、改めてＣＴ検査を受けたのが始まりです。悪性とは見られないが、経過観察を継続することになりました。

その後、胃カメラ検査を受けている別の病院の医師から（そこで膵臓の超音波検査も受診）、75歳にもなったことだし、膵臓は怖いから専門医による精密検査を受けてみたらといわれて、東大病院消化器内科の教授を紹介いただき、２０１４年2月からそちらに通い始めた次第です。今のところ、ＣＡ19－９は21～23で安定していますが、貴兄の数値より一桁高いですね。東大病院の実績ではＩＰＭＮから発がんするのは０．６％くらい。ただし、近畿大学では10％くらいといっている由。

正直申し上げて貴兄のケースはショックです。できるだけ手術は受けずに対処可能であればいいですね。抗がん剤の影響はきついでしょうが、私よりずっと身体を鍛えてこられた貴兄だから、どうか耐えてください」

（２０１６年8月28日）

彼が私と同じような道を辿らないことを祈るのみであった。

更に大学の同期会の集まりがあったとき、親友の一人、Ｈ君に膵嚢胞ががん化し膵臓がんになったことを話したら、なんと彼の奥さんも7年前から膵臓に嚢胞を抱えているとのこと。嚢胞は良性なものが多いと楽観していたようだが、私の話を聞いて大変びっくりし、盛んにメモを取っていた。血液検査の中にＣＡ19－９も含めてもらい、今後の検査をより慎重にしてもらえよとアドバイスした。意外にも身近にこのような人もおり、私の罹患が急に身近な存在に感じられた。

4　抗がん剤治療に備えて

治療方針の決定

齋浦先生のセカンド・オピニオンも納得のいくものであり、これまで通りに東京医科歯科大学病院でお世話になるという既定路線を確認したようなものであった。

翌7月22日(金)、幸いなことに伴先生の外来診察の日であったので、早速伺い、改めて今後の治療全般をお願いすることにした。そして今後の治療方針について、詳しい説明を受けた。

一般に、がんの治療には、①手術　②放射線　③抗がん剤による化学療法の三通りがある。すでに転移が認められるステージ4のがんである私のケースでは、①、②は使えず、残された選択肢は③の抗がん剤治療のみであった。

抗がん剤もいろいろな種類があるようだが、私の場合、まずアブラキサンとゲムシタビン〈商品名、ジェムザール〉の２種類を組み合わせて使うとのこと。がん研有明病院でやるとしてもこの組み合わせだと齋浦先生もいっていたので、代表的な治療方法のようであった。早速、膵臓がん治療のための小冊子〈アブラキサン＋ゲムシタビン併用療法を受けられる方へ〉が手渡された。

これによると、二つの抗がん剤の特性は、次のように記されていた。

１）アブラキサン

・アブラキサンは治癒切除不能な膵がん、非小細胞肺がん、胃がん、乳がんの治療に使用されます。

・がん細胞にはたらき、がんの進行をおさえます。

・がんによって起る症状をやわらげます。

２）ゲムシタビン

・世界中で広く使われています。

・膵がん、非小細胞肺がん、胆道がん、尿路上皮がん、手術不能または再発乳がん、がん化学療法後に増悪した卵巣がん、再発または難治性の悪性リンパ腫に対して効果が認められています。

がんの世界ではかなり有名な薬のようであるが、私にとってこれまでまったく無縁のものであった。これから長い付き合いが始まるかと思うと何やら複雑な気持ちに駆られた。その投与方法についても、伴先生から詳しい説明があった。具体的には、週1回の投与を3週間続け、1週間休む。これが1コースとなり、これから最低6コースを実施したいとのことであった。その後に、この抗がん剤治療が所期の効果を上げたか否かをチェックして、次の治療に移る予定のようである。

抗がん剤の副作用

さて問題は、このような抗がん剤投与により、どのような副作用が生じるかである。その厳しさは、つとに知られている。副作用嫌さにそれを拒否し死期を早めた人、副作用が強過ぎ、抗がん剤治療を中止せざるを得なかった人など、身近でいくつかの例を見聞きした。先の小冊子は、抗がん剤の副作用を中心に編集されたものである。

小冊子には主な副作用について「あらわれる頻度」とその具体的な症状が整理され

ている。やはりこれらの中で抗がん剤治療にとって重要なのは「骨髄抑制」であり、具体的には次のような症状となって現れる。

	あらわれる頻度	重い症状
白血球（好中球）減少	85％	8％
血小板減少	88％	6％
貧血（ヘモグロビン）減少	62％	15％

いずれも現れる頻度は高く、その後、私自身大いに苦しめられることになった。白血球や好中球が減少すると抵抗力が低下し、感染症に罹りやすくなる。また血小板の数が少なくなると出血しやすくなるし、ちょっとした傷でも出血が止まりにくくなる。また赤血球中のヘモグロビンの量は酸素を全身に運ぶ働きをしているために、それが少なくなると貧血やめまいが生じることがある。

これらはいずれもが、血液検査の結果わかるもので、抗がん剤投与を継続できるか否かの重要なチェックポイントとなっている。これに対し、自分の身体上に現れる副作用として様々な症状が予知されていた。小冊子によると投与後すぐに現れやすい代表的な症状として、次のようなものがある。

	あらわれる頻度	重い症状
手足のしびれ	77%	7%
脱毛	88%	—
食欲不振	56%	3%
吐き気・嘔吐	44%	12%

しかしながら私自身の経験した身体上の副作用は、この程度のものではなかった。第3章で詳しく述べるが、この小冊子で整理された項目は、ほんの一握りであることが後にわかってきた。

抗がん剤は効くのか

このように患者のQOL（生活の質）に大きなダメージを与える抗がん剤の投与が、果たしてどの程度、効きめがあるのかが気になった。といって私のケースのように、他に治療法の選択肢がない以上、この抗がん剤治療に全面的に依存するしかない。また抗がん剤の効き方はそれを受ける個人でだいぶ異なるようなので、投与する前からその効果を云々することは時期尚早に思われた。

つまり、これから投与される抗がん剤が無効だとも考えなかった。やってみなくてはわからんという、私の生まれつきの楽観主義的な発想によるものである。

抗がん剤の効きめ、そしてその使用に関しては、論争のあるところである。

一連の近藤誠の著作『患者よ、がんと闘うな』や『抗がん剤は効かない』（文藝春秋2011年1月号）を読むと、やっても患者はその副作用で苦しむだけで無駄ということになる。

これに対し、勝俣範之『「抗がん剤は効かない」の罪』や長尾和宏『長尾先生、「近藤誠理論」のどこが間違っているのですか？』が極めて説得的な反論を展開している。

私も抗がん剤にはそもそも毒性があり、副作用を惹起する他に、「薬物耐性」がありいずれ効かなくなるという限界があることを十分にわかっている。

しかしながら余命○ヵ月ですと、医師にいわれながらその後5年も10年も元気に生きている人も知っている。抗がん剤の効きめは、患者個々人によってかなり異なる。

先述の福井先生のメール、「私の患者さんにもジェムザール（ゲムシタビンのこと）の投与で、5年以上頑張った方がおられますので――」に示されているようなケースも往々にしてあり得るわけである。

抗がん剤は駄目だ、といっても何もしなければ、死を待つだけであろう。

抗がん剤治療しか選択肢はないということもあったが、私は抗がん剤に積極的に挑戦することにした。その後、自分自身で抗がん剤の投与を受け、様々な苦しい思いもしている。また抗がん剤に関する数多くの書物も読んだ。次章よりこのような体験を詳しく述べるが、しかし治療を受ける前には抗がん剤に関する知識はごく貧弱なものであった。

第２章

高齢者が、がん・死に直面したとき

――働き盛りの世代とは異なる――

1　末期がんをどう受け止めたか

もはや、働き盛りではない

がんが見つかり、がん患者になったのは、私が79歳2ヵ月のときである。すでに80歳を目前にした典型的な高齢者であった。医師からがんの存在を指摘され、それも膵臓がんの最悪のステージ4bだとわかっても、先述のように心の動揺は何らなかった。

この冷静さは、6年前に前立腺がんを指摘されたときとまったく同じであった。

しかし、根治が予想された前回の前立腺がんとは異なり、今回の膵臓がんは末期がんであり、もっと深刻なはずであった。それにもかかわらず心境に何の変わりもなく、家内と二人で動揺もなく平静に医師の説明に淡々と耳を傾けた。

なぜ、このように平然と深刻な事態を夫婦二人とも受け入れられたのか。後からつらつら考えるにいくつかの理由があるが、集約していえることは、もはや「働き盛りの現役世代」でないということに尽きる。いまや完全に職場も離れ社会復帰の必要性がまったくないという点で、40代や50代の現役世代と、がんの受け止め方が大きく違うといえよう。

私の世代になると、同年輩の同級生たちの4分の1以上はすでに逝っており、自分があと何年生きられるか、余命がちらつく年頃だといえる。ごく楽観的にいって5年先、10年先くらいが生存の期間と思っていたが、平均寿命より10歳低いとされる健康寿命のことと考えると、それ以上の欲は出てこないものである。末期がんとなったいま、余命が1年ないし2年程度のタイムスパンに短縮されたと感じる程度であった。

このような残された人生を達観して見られる背後には、人生の終盤を迎え、公私にわたりやるべきことをやってきたという満足感が存在していることが大きい。

公の世界では、研究者として教育者として更に大学の行政に携わった者として、それぞれある程度の仕事をなし終えたとの思いがある。生涯学習の発展にそれなりに貢献し得たと考えている。それに一国の税制・財政政策に関与でき、自分の専門知識を実際の政策の現場に活用し得たことも大きな喜びである。それに地球上80数ヵ国を回り、改めて行きたい国や場所もなくなっている。海外での見聞も十分に果たし終えたという気持ちである。

私（プライベート）の領域においては、家内と二人で子ども二人を育て上げ、子どもたちはおのおのよき伴侶に恵まれ、いまや社会人として自立している。親としての責任は一応果たしたというべきであろう。人生にはいずれ終わりが来るものだ。

85歳の高齢で亡くなった河毛二郎氏（元王子製紙社長）が生前、奥さんにいっていた台詞として、「僕はやりたいことを全部やったからもういつでも（いつお迎えが来ても）いいんだ」との一文が残されている（参照、柳田邦男『新・がん50人の勇気』文藝春秋社２０１２年　２３３頁）。

この文章を読み、私と同じ考えの先輩がいると深く感じ入ったものだ。

余命は知らない方がいい

さて、以下に述べるようながんの生存率調査から明らかなように、私は大変厄介な難治がんに罹患したことになる。

手術は困難だし生存もなかなか厳しい。とりわけ私のように、ステージ４ｂという最悪のケースになると、ほぼ絶望的な状況となっている。おそらく客観的な過去のデータのみから判断すると、ステージ４ｂの末期の膵臓がんの場合、平均して余命は半年程度ということになろう。事実、膵臓がんと診断されてから半年くらいで逝ってしまった知人、友人は何人もいる。

がんになるとよく、医師と患者の間で「あと何年、生きられるか」、「自分の余命はどのくらいか」などの会話が行われるケースもあるらしい。しかし、私はこの類の質問を一切、伴先生をはじめ医師の方々に問わなかったし、また逆に医師の方々からも余命に関し説明を受けることはなかった。おそらく、私の罹患ケースはあまりに悲惨で、先生方もこのような数値を当事者の私にいえなかっただけかもしれない。

私は、意識的に余命のことを詮索しないことにした。

つまり余命は知らない方がいいという信念を持っていたからに他ならない。仮に具体的に余命がわかるとして、それを知って何のプラスになるというのか。残された日々を、いくら死を受容したとしても毎日死と向き合って暮らすのはどうかと思うからだ。佐々木常雄『がんを生きる』の第2章のタイトルは、「寿命なんて知らないほうがいい」となっているが、この中で、次のような患者の言葉が紹介されている。「人間の寿命は決められているかもしれないが、寿命なんて知らずに生きていけるほうがいい。たとえ交通事故に遭って明日死ぬにしても、自分の寿命をカウントダウンしなければならない人生はあまりに過酷だ」(71頁)

この意見に、私は大賛成である。知っても何のプラスにもならないであろうと思う。それに私は、自分の余命など正確にわかるはずがないと考えている。これには、それなりの理由がある。

ひとつは、入院中に私の部屋に回診に来られた田邉先生が、いみじくも「平均」余命あるいは「平均」生存率の意味を説明してくれた。「平均」は、あくまで多数のサンプルが散らばった母集団の分布を代表させるひとつの平均の値に過ぎない。つまり、分布の左右には「平均」から乖離《かいり》した数多くの異常な値もあるはずだ。あるがんの平均生存率は5年というデータがあっても、1～2年で逝く人も、9～10年で逝く人も対象になっているわけである。

そこで「平均」より長く生存する人を目標に、がんと共存すればいいということになる。

おそらく田邉先生は私を激励するために、このような「平均」の概念の捉え方を医学的に説明してくださったのだろう。もっともな考えだと大いに賛同した。もし将来「平均」より短い期間しか生きられなかったら、それも自分の運命だと考え、諦めるしかない。

もうひとつ、患者には治療の効果に個人差があり、また、進歩を続ける医学の現状からして新たな治療方法、抗がん剤などが将来期待できるかもしれない。となると、治療を受ける前にどのくらいの余命かなど、決め難いことになる。

事実、国立がんセンターで診療にあたっていた渡辺亨医師は「がん患者の余命を正確に予測はできるのか」の問いに関し、次のように語っている。

「あくまでも平均の生存期間ということしかいえないですね。具体的にあと何年というのはいえませんというのか、わかりませんというのが正直なところです。――これから抗がん剤治療を受けるというような人の場合、それがうまく効けば思ったより長く生きられるかもしれないし、まったく効かないこともあるわけです。もしこうだったらという選択肢はいっぱいある状況ですから、一概にいえませんね」（垣添忠生『がんと上手につきあう法』288頁）。

私はまったく、この通りだと思った。

またこれも、私とまったく同意見で、大変気に入った言葉を紹介しよう。竹中文良『医者が癌にかかったとき』の第2章は、「死に方の知恵」とあったが、読み進めるうちに次の一文に出合った。

「万一余命数日と宣告されたとき、平静に受け止める条件を考えてみた。やはり、幸せで、充実した時間を生きてきたことではないだろうか。――それには、日頃幸せに対し貪欲になることだ。心を鍛えることも大切だ」（140頁）。

私みたいな高齢者は、過去を思い出すだけで、程度の差はあれ、この心境に達することができよう。働き盛りの人たちにも、それまで全力投球をしてきた日々があれば納得し諦観する気持ちになれるだろう。日頃から、強い心を育てることだ。

キューブラー・ロスによる死の受容

死の受け入れ方つまり受容に関して、エリザベス・キューブラー・ロスの有名な『死ぬ瞬間』という書物がある。

これはスイスの精神科医であるロスが、アメリカのある大学病院で医学生、神学生などと「死と死ぬことに関するセミナー」を開催し、末期患者にインタビューを試みた結果をまとめたものである。このセミナーは、次第に医師、看護師、ソーシャルワーカーなど参加メンバーも増やし、3年間で200回以上も行われている。

死は次のような5つの段階を経て、最後に患者によって受け入れられる。

第1段階は、「否認」である。ほとんどの末期患者が死に至る検査結果に対し、初めは「違います。それは事実ではあり得ない」と受け入れを拒否する。X線装置が狂っている、あるいは他人の検査結果を見せられているのではと考える。

第2段階で、否認がもはや維持できなくなると、怒り、羨望、恨みなどの感情がこれに取って代わる。「なぜ、私が罹患するのか？」「どうして、あの人じゃないのか？」といった「怒り」が出てくるのだ。

この後に生じるのが、第3段階としていわば神との「取引」となる。この取引は、末期患者がもう一度「○○をしたい」と死を先に延ばすために行う、神との間に取り交わされるものである。具体例として、母親が息子の結婚式にぜひ出たいからそれまで生かしてほしい、と神と交渉することなどが挙げられる。

そして第4段階として、病状が一段と進み、手術、入院加療などから更なる衰弱も加わると、末期患者は病気と真正面から向き合えずに「抑うつ」に取って代わられる。身体のダメージの他にも長引く治療から経済的負担も加わり、大きな喪失感に襲われやる気がすべて失われ、抑うつが支配する。

もし患者が突然死などでなく十分に時間を与えられ、以上述べたような段階を通ると、自分の運命について怒りも抑うつも覚えないある段階に達する。つまり嘆きも悲しみも終え、ある程度静かな期待を持って、近づく自分の終焉を見つめることができるようになる。これが最後の第5段階、「受容」である。いわば死にゆく患者が、いくらかの平和と尊厳を持ち死の受容を見出すときが来る。

しかしながら、すべての患者がこうなるわけではない。キューブラー・ロスは、この点について次のように指摘している。

「なかには最後まで闘い、希望を保とうとあがき、この受容段階に達することがほとんどできない患者もいる。——いいかえれば、不可避な死を回避したいと闘えば闘うほど、死を否認しようとすればするほど、この平和と威厳に満ちた受容の最終段階に到達するのは難しくなる」（前掲書、１４８頁）。

このような患者もいると思われるが、大半が先述の各段階を経て、死を「受容」できるとされている。このキューブラー・ロスの説明を、わが身に当てはめるとどうなるか、考えることもある。

正直、やはり第1段階で健康体そのものの自分ががんになったとは到底思えないので、「否認」とまではいかないが、「疑問」を持ったのは事実である。第2段階の「怒り」あるいはそれに似た感情を覚えることがある。特に抗がん剤の副作用で苦しいとき、「なんで自分だけが、こんなに苦しまなければいかんのか」といった怒りにも似た思いが過るのは否定し得ないことだった。男性の平均寿命が四捨五入すると81歳になることから、がんが見つかった後2年は生き、神とは無縁であるがそれに達したいといった第3段階の「取引」にも関連する思いも時折感じるものだ。

第4段階の「抑うつ」にはなりそうにない。検査の結果、末期がんといわれてもまだ私は元気で、死の床にあるわけでもないので第5段階を受け入れる臨場感もない。しかしこれまでの思考過程を経て、そのときになれば自然に「受容」の段階になると思っている。いずれも大きな問題でなく、ロスの指摘する各段階を形成するほど深刻なものではなかった。

2　高齢者とがん

細胞の老化とがん

周囲を見渡しても、がんに罹患するのは圧倒的に高齢者が多い。そもそもがんは、免疫力が落ちる高齢者ほど罹りやすい病気であるからであろう。人口の高齢化が進めばがんになる人が多くなり、がんになる人が増えれば、当然がんで死亡する人も増えることになる。

がんは人間の正常な細胞が様々な要因によって傷つき、がん化することによって引き起こされる。細胞ががん化するひとつの要因として、免疫細胞の機能低下が挙げられる。

人体は生まれたときから常時、細胞分裂を繰り返しているが、そのときに「遺伝子変異の蓄積（コピーミス）」も生じ、がん細胞の元となるが、免疫力が強ければこのがん細胞を消滅させることも可能である。しかしながら一般的に、高齢者になると免疫力が低下し、このがん化プロセスを阻止できる状況ではなくなる。

しかし、自分ががん患者になったとき、なぜ俺だけががんに、という思いはなかなか消えないものだ。膵嚢胞ががん化する確率は先述のように2〜3割のようだが、この現象がわが身に起こるとは、運が悪いとしかいいようがない。道に埋設された地雷（がん）を通る人の多くがうまく避けているのに、私は踏んでしまったのだ。

でも人生、80歳まで生きれば、何が起きても驚かないものだ。起きてしまったことを、いつまでもくよくよしていても仕方がない。これも人生の定めだと、私は淡々と受け入れている。

がんは高齢化現象

近年、がんで死亡する人は年々増えている。１９９０年に２１７、４１４人、２０００年に２９５、４８４人であったのが、２０１１年には３８８、０００人と大幅に

図2.1　年齢別　がん罹患率の推移（1980年、2010年）

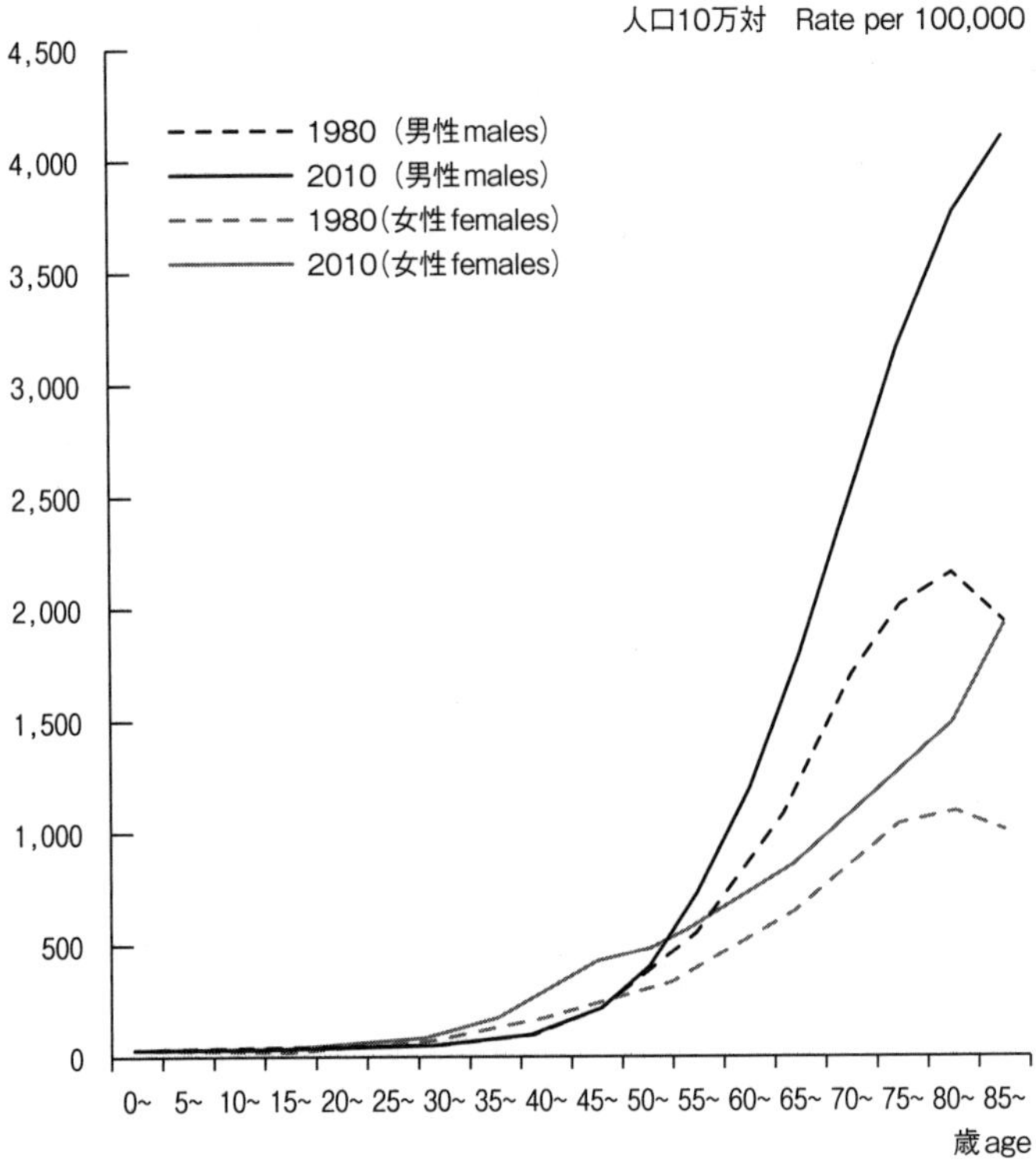

（出所）『がんの統計 '14』がん研究振興財団2014より

増加している。全死亡率の約30％ががんで死亡していることから、一般に現在日本人の2人に1人ががんになり3人に1人ががんで死亡する時代といわれている。

１９８０年頃までは、脳血管疾患が日本人の死因第1位であったが、それ以降はがんがトップを占めている。確かに日本人のがん罹患率や死亡者数が増えているが、この数字をそのまま鵜呑みにすることはできない。というのも、その背後に日本の高齢化、いわば長生きといわれる現象が存在するからである。年齢で調整したがん死亡率で見ると、その死亡率は減少傾向にあるといえる。

右に、１９８０年と２０１０年のがんの年齢別罹患率が描かれている。

明らかに、人々が40歳を超えたあたりから多くのがんが見つかり始め、50歳、60歳を過ぎ更に年齢を重ねるにつれ、がんを患う率つまり罹患率が上昇し、ひいてはその死亡率も増加の一途を辿ることになる。

２０１０年の罹患率は男女共に80歳を超える高齢者でも増加傾向にあるが、１９８０年の方は下降に転じている。この年代ではまだ本格的な高齢化になっておらず、高齢者の数自体少なくかつ、がん以外の死亡者が多かったということであろう。

それでは高齢者になると具体的に、どの程度がんに罹患し死亡しているのであろうか。国立がんセンターがん対策情報センターが、２０１３年のデータに基づいて次のような興味ある情報を提供している。社会的に高齢者の数が増えるほど、がんの発生が増大することを意味する。

男性
・50歳：10年後死亡率2％、20年後死亡率6％、30年後死亡率15％
・60歳：10年後死亡率5％、20年後死亡率14％
・70歳：10年後死亡率10％
女性
・50歳：10年後死亡率1％、20年後死亡率4％、30年後死亡率8％
・60歳：10年後死亡率3％、20年後死亡率7％
・70歳：10年後死亡率7％

年齢が10歳上がるに従い、がんによる死亡率が数％上昇することがわかる。たとえば、50歳の男性と70歳の男性の10年後の死亡率を比べると、前者が2％であるのに、後者はその5倍の10％にも死亡率が高まることになる。

ということは、高齢者の数が多くなるほど、がんの発生は増大することを意味している。と同時に、なぜかよくわからないが男性の方が女性より死亡率が高い。

難治がんに罹患して

私が罹患した膵臓がんは、よく知られているように最も治療が困難な難治がんである。今日《こんにち》、がんといっても不治の病でなく、十分治癒可能で怖くないという社会的通念もでき上っている。しかし、どこのがんかによってその治癒の難易は左右され、その生存率も変わってくる。膵臓がんと聞いただけで、余命幾ばくもないといった特別な響きを持つことも事実である。

部位別がんの生存率がどの程度なのか、いくつかの医療機関のデータは利用できるがそのサンプル数はごく限られている。

これに対し、最近国立がんセンターが全国がんセンター協議会の協力を得て、がん患者の70％以上のデータを集め、部位別に5年生存率、10年生存率を調査し公表した結果が利用できるようになった。このうち、ここでは２００４〜２００７年に診断治療を行った約14万件の症例について集計した5年生存率の結果を見てみよう。

Ⅰ、Ⅱ、Ⅲ、Ⅳは、がんの進行度を示すステージで、転移などでその程度が進んでいるⅣになるほどどの部位でもがんの生存率は低下している。

表2.1　部位別　がんの5年生存率

部位別 がん		ステージ 1	2	3	4	全症例数	手術 症例数	手術率 (%)	病期 判明率 (%)	追跡率 (%)
食道 C15	症例数	1,194	1,025	1,484	1,294	5,087	1,937	38.1	98.2	94.7
	生存率(%)	85.8	55.1	28.1	12.1	43.4	54.3			
胃 C16	症例数	12,559	1,588	1,991	3,387	19,857	12,328	62.1	98.3	94.1
	生存率(%)	98.1	66.4	47.3	7.3	74.5	78.5			
結腸 C18	症例数	2,092	1,633	2,272	1,828	8,082	7,159	88.6	96.8	95.1
	生存率(%)	100	92.8	86.2	18.8	75.7	80.3			
直腸 C19-20	症例数	1,553	1,275	1,756	1,020	5,748	5,225	90.9	97.5	95.6
	生存率(%)	97	90	82	20.8	77.2	80.1			
大腸 C18-20 再掲1	症例数	3,645	2,908	4,028	2,848	13,830	12,384	89.5	97.1	95.3
	生存率(%)	98.9	91.6	84.3	19.6	76.3	80.2			
肝 C22	症例数	1,413	995	962	451	3,915	1,162	29.7	97.6	93.8
	生存率(%)	58.9	39.7	15.2	3.3	36.2	61.3			
胆嚢胆道 C23-24	症例数	532	488	253	556	1,963	1,070	54.5	93.2	95
	生存率(%)	60.3	27.4	16.2	2.7	28.3	45			
膵 C25	症例数	234	789	751	1,941	3,820	1,290	33.8	97.3	95.4
	生存率(%)	41.2	18.3	6.1	1.4	9.2	23.7			
喉頭 C32	症例数	393	284	179	293	1,158	446	38.5	99.2	95.6
	生存率(%)	99.1	82.6	78.4	47.6	78.7	75.8			
肺 C33-C34 再掲2	症例数	7,134	1,309	4,309	5,011	18,048	8,502	47.1	98.4	95.4
	生存率(%)	83.8	50.1	22.4	4.8	44.7	79.1			
乳 50（女）	症例数	7,100	6,738	1,688	726	16,336	15,366	94.1	99.5	97.4
	生存率(%)	100	95.7	82.6	34.9	93.6	96.3			
前立腺 C61（男）	症例数	203	5,439	1,052	1,047	7,806	2,854	36.6	99.2	96.4
	生存率(%)	100	100	100	64.1	100	100			
腎臓など C64-66	症例数	1,157	299	258	587	2,373	1,951	82.2	97	95.6
	生存率(%)	97.5	83	70	18.1	72.5	84			
膀胱 C67	症例数	869	312	220	151	1,626	1,495	91.9	95.4	95.6
	生存率(%)	90.6	76.9	62	16.1	76	79.8			
甲状腺 C73	症例数	742	206	274	578	1,921	1,765	91.9	93.7	95.2
	生存率(%)	100	100	98.8	74.8	92.8	96.7			

再掲1：結腸がん、直腸がんを合わせて大腸がんとした

再掲2：肺がんは組織診断により腺がん、扁平上皮がん、小細胞がんに分け集計したが、それ以外にその他を含め肺がんとした

（出所）全がん（成人病）センター協議会「全がん協　部位別臨床病期別　5年対生存率（2006-2008年 診断症例）」2017年2月より作成。原表から7つの部位別を除外。

（注）性、年齢分布、診断年が異なる集団において、がん患者の予後を比較するために、がん患者について計測した生存率（実測生存率）を、対象者と同じ性・年齢分布をもつ日本人の期待生存確率で割ったものを相対生存率といいます。

いくつもの興味深い事実がある。第一に、全症例数で見て、膵臓がんは９．２％と極端に低い値となっている。前立腺がん、乳がん、甲状腺がんなど5年生存率が90〜１００％を示すケースとは対照的である。１桁の生存率となっているのは、膵臓がんのみである。

第二に、膵臓がんの場合、ステージ１の生存率も41．２％と低く、他の部位のがんは大部分が90％台あるいは、それに近い生存率を示すのと好対照である。仮にステージ１の初期のがんであっても、膵臓にできた場合には5年間の生存者は半分以下で、その治癒は困難ながんだということだ。ステージ４に至っては、わずか１．４％に過ぎない。

他のがんもステージ４になると、さすがに生存率は低下するが、それでも甲状腺がんは74．８％、前立腺がんは64．１％など、半数以上の患者が5年以上生き延びるケースもある。それに比べると膵臓がんは明らかに、5年生存は非常に困難である。

そして第三に、膵臓がんの場合、手術率が非常に低い。これは先述のように、初期の段階から転移しやすい性質から、手術が不可能な症例が多いということである。膵臓がんの手術率はわずか33．８％で、これは肝臓がんの29．７％に次いで低い。多くのがんで70％以上が手術可能な中で、多くの膵臓がんが手術不可能な状況が目立っている。

3　死生観と人生幕引きの選択

ミャンマーでの体験

人は皆、自分の死後に関して様々な思いを持つ。それがキリスト教や仏教など幅広く信仰を深め、自分の死を迎え入れる精神的な支えとなるはずである。私はこのような一般的な信仰とは無縁であり、自分なりに勝手に死後の世界を考えている。

私の死生観に大きな影響を与えたのが、20年ほど前の1996年5月に、ミャンマーを訪問したことである。このときの体験が、その後私の死後の考え方を大きく変えるきっかけとなった。訪問の目的は、ミャンマー政府と大蔵省（当時）共催の「財政金融セミナー」に出席し、冒頭に「日本の税制について」について基調講演を行うことであった。

われわれ日本人には、ビルマという旧国名の方に馴染みがあり、仏教徒の国で殆どの国民が英語を話すことでよく知られていた。日本を発つ前から、この国を訪れるのが楽しみであった。

当時の首都ヤンゴンに数日間滞在したので、セミナーに出席する以外に街の方々を散策する機会を持った。軍事政権下にあっただけに、治安もよく街中のどこでも安心して歩き回ることができ、イギリスの旧植民地だけあって垢抜けた外国人居住区もあり、楽しい滞在となった。仏教国だけに、やはり街のいたる処に寺院が建立されているのが目に入った。

私はいくつもの寺院を訪ね、日本のお寺とは違う雰囲気に浸った。寺院の入口にエスカレーターが設置されているところもあり、建物自体も荘厳な造りのものが多く仏教の信仰が厚いことが肌で感じられた。

ひとつ気がついたのは、これら寺院の中にも、街の中にも墓地がないことである。ほんの数日間の滞在のみで窺いしれない面もあったが、ミャンマーでは墓地が存在しないようだ。となると死者をどう弔うのか、疑問になるところである。

セミナーでたまたま知り合ったミャンマー人と、いろいろ話す機会があったときにこの疑問を尋ねてみた。ミャンマーでは、一般に人々の死後、その遺灰を野山に蒔き散骨にするとのこと。「自然に還れ」という考えのようだ。これなら他の国々で通常見られる墓地は不要なわけである。私はこの考えに深く感ずるところがあった。そのときから、自分の死後も、このように取り扱ってもらいたいと思うようになった。

第二次世界大戦中、ビルマは日本陸軍によるインパール作戦などがあり、激戦地であった。日本の将兵も数多くが戦死し、その遺骨は戦場に取り残されたままである。そこで日本から遺骨収集団が何度か訪れたが、ミャンマーの人々には、何のためにそんなことをするのか理解できないようである。死生観が異なる以上、当然のことであろう。

山岳部での体験

ミャンマーでの体験と同じように、もうひとつ、私の人生観に大きな影響を与えたものがある。それは若い頃から山の遭難死に多く関わり、死を身近に見てきたことである。「ご趣味は?」と尋ねられると、すぐに「登山とスキーです」と答えることにしているほどだ。

中学生の頃より登山とスキーを始め、一橋大学に入学したときには迷わず本格的な山登りを志し、山岳部に入部した。私が入部した昭和30年代は、まさに大学山岳部の全盛時代であった。国内の山にも未踏ルートが数多く残り、海外遠征も盛んで、それを目標に各大学の山岳部はハードな合宿をしていた。

大学生活の４年間は四季折々の合宿などで、年間１００日近くを山で過ごす仲間との付き合いが始まった。文字通り、山登りに青春を賭けたといえよう。私自身、冬山や岩登りなどでいろいろ危険な目にも遭い、遭難事故にいくつも立ち会ったことがある。

登山中、雪山での雪崩、岸壁の登攀《とうはん》中の墜落などによる遭難死の事故もあり、一緒に登った山仲間のうち何人もと悲しい別れを告げた。岩場から転落死した後輩の身柄を収容し、麓まで運べないので山中で木を切り倒し、それを薪にして遺体を荼毘《だび》に付したこともある。山での死を目の前にし、後のミャンマーで経験したときのように、私も含め人はいずれ「自然に還る」のだという意識を強く持ったといえよう。生死を分ける山での遭難事故を体験し、若い頃から死に対して自然と洗礼を受けていた。

今後の罹病の可能性と認知症

人は誰でも老いると、身体が弱り、様々な病気に見舞われる。とりわけ70歳を超え更に75歳の後期高齢者となると、その傾向が一段と増すことになる。ときどき、高校や大学の同窓会をやるとすでに述べたように、４分の１以上の仲間は鬼籍に入っており、残った連中の間でさながら病歴報告会となる。

「俺はがんを4回やった」と豪語する者もおり、大半の者は医者と薬とは縁が切れない状況になっている。たまに「俺は薬などとは縁がない」と威張っている者もいるが、病院嫌いで医者にかかっていないだけである。老年病内科を受診すれば血圧、不整脈、糖尿病、高コレステロールなどの異常を指摘してくれるはずだ。

80歳に達した私の周辺を見渡すと、最近だけでも、ほぼ同世代かそれ以上の年配者が相次いで手術を余儀なくされている。各種のがん以外にも、心臓へのステント挿入、腹部大動脈瘤、前立腺肥大、変形関節症から膝に人工関節挿入、脊柱管狭窄症《せきちゅうかんきょうさくしょう》、白内障などの手術と枚挙に暇もない。その他、パーキンソン病や緑内障など厄介な病と闘っている者もいる。

私自身、膵臓がんに罹患しなかったとしても、この種の病気にかなりの確率で取りつかれることだろう。そして最後に待っているのが、認知症かもしれない。年を重ねるほど、この認知症から逃げるのがだんだん難しくなる。

人間は生まれた以上、いずれは死を迎える。

もし自分で死に方を選べるなら、がんの罹患は有力な選択肢のひとつだと私は思っている。何よりも数ヵ月あるいは数年は、ある程度元気な状態で生存できるだろうから、突然死や、脳などの長患いで気力を失った者と比べ、身辺整理により多くの時間を充てることができる。死の直前、がんは痛みを伴うらしいが、いまは痛みの緩和ケアの手法が格段に進歩し、苦しみはそうないとされている。

私は人生の最後に生きる時間は短くなるが、単に生存年数の長さを競うのでなく、人生の満足度、あるいは充実度といった質の指標も加味して考えるべきだと思う。正確な数量化は困難だが、いわば経済学でいう効用（utility）の概念で、人生の幕引きにも使用すべきだと思う。つまり70歳あるいは後期高齢者の75歳を超えた人々は、老後の過ごし方を人生の満足度とその経過年数の積で考える方がよいだろう。

寝たきりになり施設で10年生きても、その満足度はほとんどゼロに近い。となると生きる価値の指標は無視できる程度になるだろう。これに比して仮に難治がんになったとしても2年ほど元気に活躍し、その後数ヵ月で死去したとしても、充実感を持って人生と別れを告げられるに違いない。この両者の間での選択は、人により異なるだろうが、私なら問題なく後者を選ぶ。

終活の作業

死の話をできるだけ避けたがる人もいる。しかし生を受けた以上、誰でも例外なく、いずれは死ぬべき運命にあるのだ。

となると家庭の中でも夫婦の間でも、時折死を話題にして当然である。死生学という「死への準備教育」をする学問分野もある。私たち夫婦は日本尊厳死協会に所属したこともあるが、ここ数年で「尊厳死」の考え方が社会に十分に流布し、協会に籍を置く必要もなくなったと考えて退会した。当然のことだが、死が避けられなくなったとき過剰治療を止めてもらい尊厳死を希望している。

主治医の伴先生にも、この点をお目にかかった段階でお伝えしてある。

冷静になればなるほど、今回の私の膵臓がんの罹患は自分の死後のことを否応なしに考えさせられた。いわゆる終活の作業も必要となった。最初にやったことは、私の死後、家内の生活が経済的にどうなるかという心配であった。早速友人に頼み、家内が国家公務員共済の遺族年金など、どのくらい貰えるかを調べてもらった。贅沢しなければ何とか生活できるとの目安を得た。長年苦労をかけてきた家内が路頭に迷わず、また息子の世話にならずやっていけそうだと知り、心より安堵した。

次に気になるのは、当然のことだが遺産相続の件である。

私は税制に関し、これまで公の立場で発言してきたことが多いだけに、私の死後、相続税の支払いに関し問題を起こしたくなかった。幸いなことに、今回のがんが見つかる３年前の２０１３年の６月頃からある信託銀行の遺言信託に加入し、専門家の手によってすでに準備をしてもらっていた。家内と二人の息子に遺産分与に関し具体的に説明し、事前に了解を得て正式な書式を作成、公証人に届け出もした。

相続に関しては、残された遺族間で争いの具になりやすい。いくら仲のよい兄弟でも配偶者・家族がいるとなると、一生涯に一度の資産取得の機会を巡り各々のいい分が分かれ、争いが生じるのもごく普通のことである。仲のよい兄弟姉妹だから、当事者の間で相談して決めればいいと親がなんの方針も示さぬまま旅立つのは、騒動の元である。そもそも兄弟姉妹間で相談して遺産の分配を決めよといっても無理な話である。そこで醜い相続争いとなり、裁判沙汰になりかねない。親が生前、しっかりと遺産相続に関し遺言状を作成し、公の場に保管しておく必要があるといえよう。

またこの遺言状を作成する過程で、もうひとつ気になった点があった。

私は世間一般の葬式のあり方にこれまでの経験から、かなり批判的である。先述のように私自身、仏教もキリスト教の信仰もないので、お寺あるいは教会での葬式は考慮外である。わが国における長年の習慣であり、後々の世代にまで影響を及ぼす香典のしきたりも、私の代で絶っておきたいといつも考えている。

最近は、家族葬が身近になったのでこれに従うとしても、やはり知人、友人、教え子などのことを考えると「お別れの会」をしかるべき頃に開いてもらう必要がある。

この「お別れの会」を大々的に、派手にしかも会費制で行うケースも、往々に存在する。果たして故人の希望するところか、甚だ疑わしい場合もある。私は、自分のお別れの会こそ、ごく簡素にひっそりと、他人に負担をかけずに家族だけで運営し、地味にやってもらいたいとかねがね念じている。もちろん香典などとは、無縁である。

この件に関し、私自身が何もいわずに逝くと大学の教え子たちが集まり、私の希望しない派手な会になるかもしれない。そこで「葬送について」という一文を作成し、家内と二人の息子に手渡してある。大学と教え子たちの双方に関連する、私の教え子である一橋大学の蓼沼宏一学長にも、よく事情を説明しこの一文を保管してもらってある。

4　がんと仲よく共存したい

難治がんの実態

がんに罹患した者は、誰でもその根治を望むであろう。この場合は手術し、がんを摘出してもらい、その後がんの再発を心配しながら通常5年の年限を待たねばならない。まだ高齢者といわれない年齢層の中高年者なら、ほぼ１００％この方針を採用するはずである。主治医も当然、これを勧めるであろう。

しかし、手術や抗がん剤治療により、ＣＴやＰＥＴなどの検査でがんが一旦消滅したように見えても、画像では捉えきれない小さながん細胞が残り、「根治」とはいえないようだ。それが原因で、再発もしばしば起こることになる。この点に関し、膀胱がんを治療中のジャーナリスト、立花隆氏は、次のように指摘している。

「がんが治ったように見える場合もあるし、医師がそういう表現をする場合もあります。でもそれは正確にいえば、がんが見えなくなったというか、通常の検出手段では検出不可能なレベルに小さくなったというのに過ぎないケースがほとんどです。手術をして、目に見える病巣をすべて取り去り、一定の観察期間を経過しても、どこかに転移している様子がまったく見られないというときに、医者はそのようにいうことがありますが、それは必ずしもがん細胞がゼロになったことを意味しません。がんは基本的に、がん細胞の数が十億以上の細胞塊になったとき（重さにして1g、径にして1㎝）が検出限界で、それ以下のがん細胞の塊は、見つけることができません。――ですから、検査でがんが消失したように見える場合でも、良心的な医者は、安易に『あなたのがんは、根治しました』などといわずに、将来再発の可能性があることをはっきり告げるものです」

（立花隆『がん　生と死の謎に挑む』31－32頁）

幸か不幸か、ステージ4bといわれた私の場合、根治を目指す手術の選択肢ははじめから存在しなかった。転移が各方面に散ってしまったら、がん本体を手術で摘出しても意味がない。仮に手術が可能であっても、私自身、手術を受けるのはあまり気がすすまなかった。今回の膵臓がんの罹患に先立ち6年前、73歳のときに前立腺がんの全摘手術を受けたが、やはりメスを身体に入れることにはかなりダメージがあった。

術後、自分では全快したつもりでも家内にいわせると、何だかおかしいと脇から観察していた。私の身体が元のように戻るまで2年くらいはかかったと思う。この期間、なんとなく体調が整わないなと感じることがあった。

今回は、もっと複雑な臓器である膵臓である。

手術が成功しても、高齢者にとって術後の影響は甚大であろう。目に見えないダメージもあるはずであり、予想外の後遺症も覚悟せねばなるまい。

ある知り合いの外科医はもう第一線から引退しているが、現役時代にさんざん手術を繰り返してきたというのに、本人が、「人は70歳を超えたら手術を避けるべきだ」といっているのを耳にした。ご自分の体験から出た教訓なのだろう。傾聴に値する言葉だと思った。

今後の治療方針として、伴先生は抗がん剤治療が効果を上げ、「がんが体内に残ってもおとなしく休眠してもらえばよい」といっておられる。これが、がんと仲よく共存したいという願いであり、私の人生の幕引きまでこのがんが付き合ってくれれば「天寿がん」となるであろう。これが私の理想とする治療目標である。

明るく元気な患者でいたい！

膵臓がんを罹患してからも、私の見かけはまったく健康そのものに見えるらしい。がんが発見される79歳まで毎年スキーを楽しみ、スポーツジムで週2回はトレーニングをしているため体力から湧き出るオーラが、そのまま体外に発散しているのだろう。抗がん剤の副作用で顔がむくみ皮膚の色素沈着で顔色が変色したときにも、久しぶりに会った友人から「太って雪焼けして元気そうだな」とよくいわれた。そのたびにことの顚末を説明せねばならなかったほどである。

根が陽気なせいか、末期膵臓がんの患者の身でありながら、それがさほど気にならずいつものように振る舞っているので、他人は明るく元気な健常者と見ているようだ。仲間内の会合で、私ががんになったといってもピンと来ないせいか、話題がすぐにそれてしまうこともしばしばであった。

古くから「病は気から」とよくいわれるが、まったくその通りだと思う。気持ちを強く持たない限り、特に、がんみたいな重篤な病には打ち勝てないと思う。専門家の医師がいう次の一文が参考になろう。

「化学療法の方は、まず第一に、すごいファイティング・スピリットが必要なんです。理性も必要です。なんのためにこの治療が必要なのかわかって受けているとしても、いろいろ副作用が出たりしてつらくなってくると『先生、もう勘弁してください。こんなつらいことは耐えられません』と音をあげる人もたくさんいます。これがどれだけ大事な治療かということを自分で納得できる理性、それと周りの人たちの励ましですね。これがないと超えられない」

（垣添忠生『がんと上手につきあう法』１７０頁）

私は今回の罹病に当り、同情されたり労われるのが最も厭《いや》である。そのせいもあって、ごく自然体で明るく元気に振舞っているのかもしれない。体力、気力の維持こそが病に打ち勝つ唯ひとつの自衛策だと思うだけに、現在の姿勢をできるだけ長く続けたいのだ。抗がん剤の副作用は心身共にかなりのダメージとなっているが、膵臓がん本体の症状がまったく現れないのが頑張れる要因かもしれない。

別の世界を見た！

がんになり、抗がん剤治療を受けるようになって時折、「なんでこんなに時間とカネをかけ、体力を消耗させねばならないのか」と腹が立つこともある。

先述のキューブラー・ロスの第2段階「怒り」であるが、根が諦めのよいせいか、すでに罹患したものは仕方がないと、すぐに気分を現実に戻すことができる。家内はこれまで食事に非常に気を遣ってきたのに夫ががんになるとは、と嘆くことも多い。しかし私同様くよくよしない性格なのでその嘆きもすぐに呑み込んでしまう。家内も肝っ玉が据わっており、「貴方、いまの状況なら4、5年大丈夫よ」と気合を入れてくれる。

いうまでもなく、膵臓がんになったことは人生において大きなマイナスである。しかしながら、このようながんに罹患しなければ経験し得なかったことを、いま日常的に経験しているのも事実である。

第1に、重篤ながんになり生死と向き合わざるを得ない多くの人と遭遇した。以前前立腺がんになり手術したが、このときは根治することを疑わず、病自体をそれほど深刻に受け止めなかった。だが今回、自分も含め平均余命が短いと考えられる多くの患者の皆さんと、苦悩を共有する環境にいる。かつて購入したがん患者の闘病記を再読しても、また知人のがんとの取り組みを見聞しても、私も家内も、人生幕引きの臨場感が迫ってくるのを感じている。

第2に、病院や医師との本格的な付き合いが始まった。

もちろん、これまでも病気になり医療機関にお世話になってきたが、自分の命を賭けるといったレベルの話ではなかった。大きな総合病院であればどこでもよいというわけではない。自分のがんの治療をしてくれる専門の医師がどれだけおり、また手術を年間どのくらい手掛けているのかも、自分の命を預ける以上、極めて重要となる。医療機関の選択は、十分に調査し自己責任で決めるべきである。

私のある友人は、奥さんががんになったときに地元の総合病院に診てもらっているから大丈夫と簡単に考えていたが、私の意見を聞き、その総合病院を調べた結果、本格的な治療をしてくれるだけの専門の医師がいないと知り転院した例もある。

第3に、私は自分が膵臓がんになり、病院には「肝胆膵外科」という特別な科があるのを初めて知った。

それまでは病院に行っても、ついぞこんな名称の外科があるとは知らなかった。まさに難治がんと向き合う第一線の医師が、日夜苦闘している場所である。自分がお世話になる新しい世界が開けた感じである。

第4に、おそらく経験した者でない限り、抗がん剤の苦しみは理解できないであろう。一生縁がないと考えていた私が、その苦しみを味わう運命になったとはまさに皮肉なことである。傍で見ている家内も、この苦しみを共有してくれているようだ。

そして第5に、今後の人生が5年あるいは10年のタイムスパンから、ごく短い1年単位に変わった。淋しいことだが1年先の約束など、やはり躊躇せざるを得なくなった。一日一日の重みが増した感じだ。

がんが見つかって、このような経験を数多くした。私も家内も、まったく別の世界を見た感じである。あえていうなら、人生の色彩がカラフルになったということか。

これは、がんに罹患したためのプラス面かしれない。

家族の存在

家族のいない人には申し訳ないが、私の場合は、がん治療の厳しい試練を独りではとうてい乗り越えられなかったであろう。家族の全面的なサポートこそが、がん患者の救いである。家内は私の健康面を考え毎食の世話から抗がん剤の副作用による苦しみからすべて共有してくれ、精神的に支えてくれている。

われわれ夫婦には、二人の息子がいる。二人ともおのおの息子と娘に恵まれ、したがって私どもには四人の孫がいることになる。長男は国際機関に勤務する関係からアメリカのワシントンDCに住み、年に1、2回、家族と共に日本に帰って来てくれる。中学生の娘と息子に、わずかな期間であるが祖父母と会わせ、日本の文化、生活習慣などを学ばせたいらしい。わが家は、北アルプスの山麓、信濃大町の郊外に小さな山小舎をセカンドハウスとして持っている。彼らが帰国するとそこで夏は山登り、冬はスキーを楽しみ1週間程度滞在するのが恒例である。

2016年も、8月に長男家族が帰国した。私のがんが見つかり抗がん剤治療が始まったばかりの最悪の時期であった。しかし幸いなことに、抗がん剤投与の休薬の1

週間が挟まったために、彼らと一緒にドライブを交え信州の夏を十分に楽しんできた。治療が始まったばかりの精神的に不安定な時期に、孫たちとの旅は私に若い息吹をくれ、大きな活力を与えてくれるものであった。

帰京後、彼らだけで広島へ原爆ドームなどを見学に訪れた。その年の6月にアメリカのオバマ大統領がサミットの折、広島を訪問したことはアメリカでも大きく報道されたようである。学校でもこれが話題となり、孫たちの関心も高まったので、広島への実地見学に繋げたようだ。帰途、お隣の宮島を訪ねた折、私の土産に厳島神社の携帯ストラップを買ってきてくれた。そこになんと「元気」という木片のお札がついていた。アメリカ育ちで漢字の苦手な孫たちが、病む祖父のために探し出してくれた宝物であった。私は毎日その木片を見ては元気をもらっている。

長男は国際結婚をしたので、彼らの母親はイタリア人である。イタリア人の嫁とわれわれ夫婦とも大変仲よくやっている。彼女は医師であるだけに、私たちの健康にも気を配ってくれ、私の膵臓がんの経過も時折、電話で報告しなければならない。専門領域ならいざ知らず、医学用語の入る英語での会話は苦労する。膵臓がpancreas、嚢胞がcystなどであることを、初めて知った次第だ。

次男にも、幼い息子と娘がいる。こちらはスープの冷めない距離に住み、一家揃ってよくわが家に来てくれる。気配りを欠かさない優しい嫁で、大変仲よくしている。二人の孫に接し抱き上げると、若い細胞に溢れた身体から発散する生命力を分けてもらっている感じになる。このような恵まれた家族環境こそ、難治がんを罹患し、苦しい抗がん剤治療を受けている私にとって、最も頼りになる精神的な支えとなってくれている。

第３章

「がんとの共存」への第一歩

――抗がん剤治療始まる――

1 抗がん剤とその副作用

再入院と病院生活

7月22日（金）、伴先生の診察を受けて正式に今後の治療方針が示された。

私の病名はステージ４ｂの膵臓がんであり、遠隔転移があり手術はできない。がん研有明病院の齋浦先生のセカンド・オピニオンも受け、まずは抗がん剤治療を始めることになった。他に選択肢はなく、私も納得の治療方針であった。最初に９日間入院をして、２回の抗がん剤投与を行うとのこと。抗がん剤は個々人でその影響が異なるので、入院させ投与された患者がそれに耐え得るのか、慎重にチェックするようだ。

7月24日（日）——翌日からの抗がん剤投与に備え午前中に再入院した。家内と共に、日曜日なので東京医科歯科大学病院の地下の通用口から中に入り、休日の窓口で入院手続きを行う。すでに10日ほど前に検査入院をしているので、手続きも問題なかった。今回は肝胆膵外科の患者に正式になったために、外科の病床フロアである12階の一角にある病室に入院した。夕方、日曜日にもかかわらず伴先生が病室に来てくれた。一日放っておかれるかと思っていただけに、主治医と話ができて嬉しかった。

7月25日（月）——朝早く、伴先生と、若いお二人の医師、光法雄介、浅野大輔両先生が来室された。私の治療をしてくれる担当医のチームのようである。安心して治療をお任せできそうである。

9：30頃から、採血。第1回目の抗がん剤投与に備え、白血球などのチェックのため。10：40頃から、抗がん剤投与が始まる。最初に30分間、吐き気止めを点滴注射、その後アブラキサンとゲムシタビンを各々30分ずつ投与。それでも2時間近く掛かった。

心配された吐き気やふらつきなどの副作用も一切なく、午後を快適に送る。午後1時頃に東條先生が、そして5時頃に沼野先生が見舞いに来室してくれる。いつもながらのことで、感謝の気持ちで一杯になる。夜8時頃、早めに就寝。

7月26日（火）——8：30頃、田邉先生の教授回診がある。10人ほどの若い医局員を連れた、いわゆる大名行列だが、先生の性格を反映した明るく自由なムードの集団であった。気のせいか胃に痛みを感じるので、例年この時期にやっていただいている胃の内視鏡検査を河野先生に希望する。すぐに対処するとのことであった。

午前、午後とも、心配された抗がん剤の副作用は全然なく、快適に過ごす。昼頃、家内が下着の替え、食料、また次男が購入したがんの食事療法の本を4冊ほど持って来てくれる。5時半頃、沼野先生が来てくれる。そして7時半頃、伴先生を含め担当医の三先生がブルーの手術着のまま来室。7時間の手術を終えた後とのことだった。

夜、上半身に痒みが多発。抗がん剤の副作用が現れ出したようだ。

7月27日から30日（水から土）――今回の再入院は、抗がん剤の副作用がどの程度か、患者と抗がん剤との相性を見るためのもので、抗がん剤の投与以外に特別な治療は何らなかった。投与して週末までは、心配された副作用は何もなく過ぎたが、しかし夜間に身体の痒みが発生しているのがどうやら抗がん剤の影響のようだ。

まったく退屈なので27日（水）の午後、伴先生の許可を得て竹橋にある如水会館まで囲碁を打ちに行く。水曜日の午後はあるグループの例会があり、行くと必ず仲間が出席しており相手を探す苦労はない。如水会館は病院から歩いて20分程度なのでまことに便利である。2局ほど打って帰りに三省堂書店により、膵臓に関する本を2冊ほど購入する。28日の夕刻、病院長の大川淳先生が見舞いに来てくれる。いつも整形外科の診察室でお目にかかるだけなので、恐縮する。先生も私の膵臓がんの急速な進行に驚いておられた。

30日（土）、本格的な夏が到来した中を家内が昼頃、下着や手製のサンドイッチを持って来てくれる。久しぶりに家庭の味を噛みしめる。午後、神戸大学ＯＢとの囲碁の交流戦があるので、有楽町にある六甲クラブ（神戸大の同窓会）まで出かけてくる。囲碁の最中はすべてを忘れ、それに熱中できるので、精神衛生上まことによい。

夜間、身体の痒みが多発し、いささか消耗する。痒み止めの軟膏を使用する。

第2回目の抗がん剤投与

最初の抗がん剤投与後、夜間の身体の痒み以外にその副作用は何も起きず、平穏に過ぎる。それを受け第2回目の投与の準備が、7月31日（日）から始まった。浅野先生が日曜日なのに8：30頃に来室され、翌日に備え血液検査のために採血をしてくれる。静脈に針を刺し採血するのが実にうまいので感心する。これも外科医の資質なのだろう。夕方、その検査結果をもって伴・浅野両先生が来室。白血球が3000に減少した。基準値（3300－8600）の下限を少し下回る水準にあるが好中球が50.6％と高いので（基準範囲41.7－74.1％）、心配ないとのこと。明日は予定通りに、抗がん剤を投与するとのことであった。今後この白血球の値が、抗がん剤治療を継続できるか否かの決め手になるようだ。夜、小池百合子氏の東京都知事に当選のニュースを聞いて就寝する。身体の痒みがなく、心地よい夜を過ごせた。

8月1日（月）、第2回目の抗がん剤が投入される日である。

その前に先日希望しておいた胃の内視鏡検査をすることになった。9時頃から、食道外科の河野先生に経鼻から内視鏡を入れ、食道、胃、十二指腸を診ていただく。胃壁や腸壁が少し荒れているとのこと、自覚はないがストレスが溜まった結果かもしれない。

病室に戻り、10：30頃から点滴を受ける。前回と同じように、3種類の点滴薬が体内に入る。最後に生理食塩水を入れ管を清掃して終わる。この間、約2時間。正午少し前に、点滴の最中に東條先生が来てくださる。いつも親切にしていただき感謝する。

点滴後、何の副作用も起きないのでそのまま退院してもよいことになった。迎えに来てくれた家内と共に、病院の裏にあるガーデンパレス・ホテルのレストランで昼食をとることにした。退院祝いの意味もあり、久しぶりにシャバの食事を味わった感じになった。

帰宅後、心配された抗がん剤の副作用はなく安心した。ところが脱毛が始まったようだ。頭髪を引っ張ると数本抜け落ちてくる状況になった。

通院による抗がん剤投与――その1

抗がん剤を2回入院して投与したが、身体に深刻なダメージがないと診断され、これから通院で行うことになった。

8月8日（月）は、通院の初日で第1コースの3回目の投与ということになった。それ以降、アブラキサン＋ゲムシタビンの2本立てで、本格的な抗がん剤投与がはじまる。当初の計画では6コースを予定していたが、後述するように抗がん剤が非常に効いたために3コースの途中8回の投与でこの組み合わせは打ち切りとなった。ここまでを治療の第一弾と区切ることにした。

通院での抗がん剤投与は、まず早朝の採血から始まる。投与できる前提として、白血球や赤血球などの骨髄の状況を血液検査で調べる必要がある。私は毎回9時に伴先生の診察のために予約を取っていた。そこで血液検査の検査結果が出るのに40～50分かかるので、8時少し過ぎには採血を終えていなければならなかった。

伴先生の診察を受けてから血液関係に異常がないことを確かめ、3階にある外来化学療法・注射センター（後述）へ移動する。そこで抗がん剤投与を受けることになる。吐き気止めと2種類の抗がん剤を30分ずつかけて投与するために、待ち時間まで入れるとおよそ2時間かかることになる。

第1コースの3回投与が終わった頃から、脱毛、味覚障害、倦怠感など、副作用が顕在化してきた。大体予想される現れ方だが、これが長い抗がん剤の副作用との闘いの幕開けとなった。しかし３週間連続で投与した後、４週目の８月15日（月）は休薬となる。となると２週間、抗がん剤が身体に注入されない期間となり、味覚など少しは平常に戻ってきた。しかし脱毛が激しく、頭髪の量はみるみる減少してきた。身体の倦怠感はなかなか抜けず、しんどさも残ったが総じていえば、第２コース前の１週間はハッピー・ウィークであった。

この休薬の期間を利用して、先述のようにアメリカに住んでいる長男が二人の子どもを連れて来日したので８月15～21日の間、信州へ出かけた。北アルプスの山麓に小さなセカンドハウスがあるので、短い間であったが若い孫たちと行動を共にした。苦しい闘病生活には何よりの贈り物であった。

帰京後、８月22日（月）から、第２コースの抗がん剤投与が始まる。

休薬の週があり、この２週間抗がん剤が体内に入っていないので、白血球や好中球はすっかり元に戻っていた。ＣＡ19－９の腫瘍マーカーの値も抗がん剤投与前と比べ、５分の１程度にまで縮小してきた。これを知り、俄然やる気が出てきた。10：30頃から、抗がん剤を２種類投与。薬の調合のために途中時間がかかり、１時近くまでかかってしまった。

途中に東條先生がご自分の診察の合間をみて、私の点滴の最中に立ち寄ってくださる。

それ以降、2回投与が続き、第2コースが終了することになる。だがこの頃から、抗がん剤の副作用が次第に強くなってきた。身体の倦怠感はすっかり定着する。一日中、身体がすっきりとしない。手の爪が黒くなり、髭が生えて来ず、髭剃りが全く不要になった。これは外形上の問題であるが、実質的に悩まされたのが、全身に現れた湿疹の痒みである。この痒みは、その後3ヵ月ほど続くことになる。

9月5日（月）に第2コースを終了する。合計で6回、抗がん剤を投与したことになる。

通院による抗がん剤投与——その2

大体このあたりから、患者は参ってくるらしい。

伴先生は「石さんほど元気でいるのは珍しい」とほめてくれる。しかし抗がん剤の蓄積効果が、次第に身体にずっしりと響いてきた。1週間の休薬を利用して、夏も終わり小屋の後片付けもあるので、家内と二人で大町エコノミスト村（後述）に5日ほど出かけた。副作用のために身体の倦怠感はいっそう酷くなり、旅行の移動もいささかしんどくなっていた。しかし自然の中での散策や、温泉を楽しめるのは素晴らしく、東京からはるばる出かけた甲斐は十分にあった。

この頃から、皮膚への色素沈着が目立ってきた。顔が日焼けしたかのようになり、目の周りに隈ができ、さながらパンダのようになってきた。手足を中心に湿疹による痒みが一段と激しくなった。とりわけ夜間がひどく、一晩中掻きながら寝ている感じである。

９月以降、月曜日に祝日が入ることが多いので、第３コースから抗がん剤投与日を金曜日に変更することになった。

初日の９月23日（金）に、第２コースまでの血液検査の結果が出てきた。それによると腫瘍マーカーのＣＡ19－９が46．９まで減少しており、抗がん剤が非常に効いていることがわかった。そこで当初６コース後に予定していたＣＴによるがんの状況の検査を繰り上げ、８回投与した後に行うことになった。

９月の中旬に、小学校時代からの友人、篠塚豊くんが、彼自身の筆になる一幅の水彩画をお見舞いに送ってくれた。横浜の山下埠頭に係留されている氷川丸を描いたものである。素人離れした絵であった。早速書斎の入口にかけ、毎日眺めては楽しんでいる。特に前景に描かれている花壇の赤い花がいい。

血液検査の好結果に気をよくし帰途、如水会館に立ち寄り囲碁を打ったり、翌日の土曜日には教え子たちとの昼食会に出席したりしたため、いささかオーバーワークに陥った。すっかりバテてしまい、2日間ほど家でおとなしく静養することにした。それでもその後、元気が回復してきたので29日（木）に新潟まで日帰りで出張した。新潟大学で経営協議会があり委員をしている関係上、出席する必要があった。上越新幹線で日帰りであったが、さして疲れず体力的に少し自信ができた。

9月30日（金）に、第3コースの2回目、計8回目の抗がん剤を投与した。未だ基準範囲内であるが、流石に白血球の減少も目立ってきた。幸いなことに、脱毛がその後進行していなかった。それに伴先生も気がつき、そのまま持ちこたえられそうだと感心していた。しかしながら、第8回の投与後、抗がん剤の副作用がいよいよ本格化してきた。全身鉛のように重く、一歩歩くのもしんどくなった。とりわけ手足、顔などの皮膚の変色が顕著になってきた。

10月7日（金）は、第3コースの3回目の抗がん剤を投与する日であった。ところが、全身の倦怠感、だるさが尋常でなく治療を継続するのは無理と判断し、ついにギブアップを申し出た。血液検査の結果も悪く、白血球も基準値の下限まで低下し好中球も30％を切ってしまった。

伴先生もこの結果を見て、今日の投薬は無理と判断され、「もう十分頑張っていただきました」とのコメントをくれた。翌週の14日（金）にＣＴを取り、その結果を見てアブラキサンをやめゲムシタビンだけの単体に切り替えることとなった。長期戦になるので、ＱＯＬを重視しようということになった。また喉の痛みもある。いつもの風邪による喉の痛みとは異なるものである。念のために近所の耳鼻咽喉科で診断を受けたが、全く異常がなかったのでこれも抗がん剤の副作用のようだ。

外来化学療法・注射センター

私の抗がん剤投与は、点滴治療で行われた。点滴は、病院の３階にある外来化学療法・注射センターで実際に行われる。朝、伴先生の診断を受けてその日の点滴が可能となると、このセンターへ移動することになる。まず受付を済ませると、体温計と血圧計で自分の体温ならびに血圧を測り、係員に申告する。その後しばらく待合室で待っていると、点滴専用の３畳敷きくらいのカーテンで仕切られたスペースにあるリクライニング・チェアで点滴を受けることになる。

このセンターにはリクライニング・チェアが合計16席あるが、これ以外に７つの個室ベッドも用意されている。なんでも点滴で一日中治療を受ける患者もいるとのこと。センターは他の待合室と異なり、トイレ、自動販売機、TVなどが備え付けられており、苦しい点滴治療を長時間受ける患者のために特別な配慮をしてくれている。しばらく待つと点滴をするリクライニング・チェアのある部屋に呼んでくれる。

そこには丁度航空機のビジネスクラスの座席と同じようなリクライニング・チェアが置かれている。背もたれ、脚部が自由に調整でき長時間の点滴をリラックスして受けられる。その間、居眠りしてもよし、読書してもよしである。私は、難しい本を避け専ら池波正太郎の時代小説を楽しむことにしていた。カーテン越しに、隣の人と看護師の話も聞こえてくる。ここの看護師の方は、がんで落ち込んだ患者を鼓舞するためか、いろいろと話しかけ元気づけてくれる人が多い。

聞くことなく耳に入るのに、静岡から来た、山梨から来たという会話もある。私と同じ境遇の人が、かなりの遠距離から抗がん剤の点滴治療を受けに来られているようだ。私は、地下鉄を3駅乗ってくればいい場所にいるので、しばしば申し訳ない気になったものだ。

このセンターでは、点滴の管理は徹底している。点滴薬を投与する前に何度も氏名、生年月日をいわされる。そしてセットして投与を始めた後も、必ず別の看護師がダブルチェックをしに入室してくる。これだけしっかり管理してくれれば、他の人と点滴薬が間違えられることはないと安心した。

他の医師のサポート

一般に、高齢者は病気をひとつ抱えているだけではない。

がんになったからといって、がんだけを治療していればいいでは済まされない。先述したように、私は長年血圧その他の問題で沼野先生に診てもらっていたし、また慢性的な腰痛のために大川先生の定期的な診断を受けていた。

実は数年前から不整脈が起こり、時折胸に動悸もするので、沼野先生の紹介をいただき不整脈センターの平尾見三先生のところへ診断を受けにも通っていた。当初の不整脈が収まった後も、高齢者なので定期的に診ましょうということで、３ヵ月に１回の割合で引き続き診察室に伺うことにしていた。

がんの発病がわかって初めて、８月31日（水）に平尾先生のところへ診察を受けに行く。心電図の結果も問題なく、不整脈も落ち着いているとのこと。一安心する。私の膵臓がんのことは、先生はすでにご承知であった。直接の患者でなくとも、関係する医師には自分の患者の罹患状況の情報がネットで知らされる仕組みになっているようだ。大変な病気になったと先生も驚いておられる様子であった。

抗がん剤治療の副作用が、心臓にも影響を及ぼすこともあるとのこと。そこで先生自身がこれからチェックしましょうということで、診察の回数も月1回にするということになった。東京医科歯科大学病院の先生方には本当にお世話になり、頭が下がる。

この他、私は72歳のときに、白内障と網膜の手術を北里大学病院で清水公也先生によって執刀していただいている。その後、年1回、その術後チェックのために先生の診察を受けていた。定年で大学を退職後、赤坂にある山王病院で診察をされている先生のところへ、10月5日（水）に伺う。

その頃、丁度抗がん剤の副作用で皮膚の色素沈着で顔が変色していた。清水先生に久しぶりにお目にかかったら、日焼けで健康そうだといわれる有様であった。そうではないのだと、早速膵臓がんに罹患した経緯を説明したところ、抗がん剤の副作用が眼に及ぶことがあるのでと、いつもより念入りに診察してくださった。文献によると、黄斑浮腫《おうはんふしゅ》という視力が低下したり、物が歪んで見えたりする病気があるようだ。今回は、先生の診断により異常なしという結果になったが、年1回でなく、もっと頻度をあげて診察に伺うことにした。

それにしても、分野の異なる何人もの医師のサポートをいただき、幸せな患者だと痛感した。

2　抗がん剤治療の試練

だるさ・倦怠感

抗がん剤治療の第1弾は、7月最後の週から9月いっぱい、11週間続いた。その間、2週間休薬があったが、計8回抗がん剤（アブラキサン＋ゲムシタビン）を投与したことになる。その後、11月7日（月）の第2弾が始まる前まで、6週間抗がん剤を投与せず体調を回復させる期間を設けてもらった。この休みは、それだけ抗がん剤治療が過酷だということを物語っている。

3回目の投与から、本格的な抗がん剤の副作用が始まった。入院で行った最初の2回の投与後、何事もなかったのでたいしたことはないと高を括ったのがいけなかった。幸いにも多くの人が苦しむ嘔吐・吐き気には襲われなかったが、しかしこの間、休薬中も含め一貫してだるさ・倦怠感、つまり疲労感につきまとわれた。晴れやかな気分で身体が軽く弾むようだという感覚は、抗がん剤の副作用が始まってから今日まで訪れてこない。これではよほど気持ちをしっかり持たないと、病人になった気になる。

当初は、抗がん剤は投与する回数が増えると、慣れからだるさ・倦怠感は軽くなると考えていた。しかしこれは根本的に間違っていた。抗がん剤には、蓄積効果ないし残存効果があるようだ。休みの週があるとはいえ、投与の回数が増えるほどだるさ・倦怠感は、色濃く身体に定着してきた。

8回投与が終わった週は、身体全体に鉛の重りを付けられたような感触で、歩くのもしんどくなってきた。先述のように伴先生にこちらから、これ以上の投薬をギブアップさせてくださいと申し出たほどである。そこで3コース9回の予定が、中途半端な時期に抗がん剤投与を一旦中止ということになった。

その後、6週間の休薬中に消滅するかと思ったが、程度は多少軽くなったが相変わらず続いていた。体調は、結局全身のだるさ・倦怠感に支配される。後述するように、様々な抗がん剤の副作用による悪影響を受けたが、やはりこれが一番心身のダメージであった。

脱毛と帽子

私が抗がん剤の副作用で最も気になっていたのが、頭髪の脱毛である。頭髪の突然の変化は、人間の外形を一変させるからである。当然、それなりに他の人に説明をせねばならなくなる。そもそもなぜ脱毛が起こるかといえば、抗がん剤はがん細胞と正常細胞を区別できないから、より活発な活動をする細胞から攻撃することになる。活発ながん細胞と並んで、細胞分裂が盛んな毛根細胞が抗がん剤により破壊されることになるからだ。

8月1日（月）に第2回の抗がん剤投与が行われたが、それを機に脱毛が始まった。第3回以降、脱毛は加速化することになる。わが家のいたる処に私の白髪が散らばり、パジャマなど衣服にも束になって付着する有様であった。入浴中に洗髪すると、排水口に、タワシ大の白髪が固まって残されていた。これを見つけるにつけ、脱毛の激しさを知らされた。頭髪を手で引っ張ると必ず、数本が抜け落ちた。この頃から、髭が生えなくなり朝の髭剃りが不要になってきた。なんだか中国、韓国の時代劇で見る宦《かん》官《がん》に自分もついになったかと、いささか悲哀を味わった。

しかしながら、第2コースが開始される前の休薬中の2週間が幸いしたか、脱毛が一旦中断された。白髪も予想外に残り、頭髪が薄くなった程度のダメージで1ヵ月半ほど過ごすことができた。抗がん剤は先述のように9月いっぱいで一旦休止され、11月に再開されるまで5週間の休薬時期があった。脱毛には休止期脱毛といわれる現象があるようだ。私の場合、10月に第2弾の脱毛が発生した。今回、頭髪はほとんど抜け落ち、見るも無残な状況になった。

中高年の男が、頭髪が自然に少なくなり禿げ頭になる過程には、それなりに一定のルールがある。ごく自然な禿げ頭が生まれるものだ。ところが抗がん剤の副作用による脱毛はまったくゲリラ的で、通常の禿げ頭で残る頭の後ろ側の毛あるいは側面の毛が突然抜け落ち、地肌が見える虫食い状況の禿げになってきた。

このことを予め想定し、9月に入ってから、デパートで黒色の綿素材の帽子を購入しておいた。これを外出時に着用することにし、室内での様々な会議・集会に出席した折でも、出席者の許しを得てそのまま着用していた。しかしその理由を一通り説明せねばならず、いささか心の負担になった。また室内でかぶる医療用のキャップが病院の売店で販売されていたので、ひとつ購入し自宅では専らそれを使用した。というのも、鏡を見るたびに脱毛が気になり、がん患者を思い知らされるからだ。

更に、前々から取材に来られていたある新聞社の女性記者が、再度の取材の申し入れのときに写真撮影も希望されたので、脱毛を理由にお断りしたところ、親切にも帽子をプレゼントしてくれた。それも大いに愛用している。

食事と味覚障害

伴先生にがん治療中に何か食事制限はあるかと尋ねたところ、何を食べてもよいとのことであった。つまり好きなものを好きなだけ食べ、体力をつけよということである。がんになったストレスもあるから、酒も適度にいいだろうとのこと。幸いなことに、抗がん剤治療中、一貫して嘔吐、吐き気は起きなかった。

8月に入り、第3回目の抗がん剤投与の頃から、次第に口の中がおかしくなってきた。味覚障害の発生である。当時の日記を見ると、「味覚がまったくなくなり、水と麦茶の区別がつかないし、西瓜は大根みたいに味がない」と書かれている。生まれて初めての経験だけに、いささか戸惑った。

口が食べ物に入ったとき、まず舌の表面にある味蕾《みらい》というセンサーが反応し、甘い、辛い、塩辛いなどの味覚として識別される。味蕾というのは味細胞が集まった小さな器官で神経の末端にあり、それが唾液によって感知され、神経を経て脳に送られ味として感じられることになる。この味覚の要素が抗がん剤によってダメージを受けることから、味覚障害が起こることになる。

「砂を嚙むような食事」という表現があるが、まさにその通りだと実感した。わずかに感じられるのが甘味であったが、それも苦い味がした。味がわからずに食べるというのは苦痛であったが、食べないと体力を維持できず、がんと向き合うこともできなくなる。家内の作る料理の美味しさを頭の中でイメージし、とりあえず胃袋に入れることに専念した。

しかしながら、この味覚障害はそう長いこと続かなかった。最初の休薬期間の頃から次第に味覚を取り戻し、完全とはいかなくても孫たちとの夏の信州旅行中は、信州蕎麦の味もある程度わかるようになっていた。それ以降、時折は感じるものの、この問題はそう気にならなくなり解決した。

湿疹と痒み

抗がん剤の副作用が、最初に現れたのは身体の痒みであった。

第1回目の抗がん剤投与から、夜になると就寝後に身体の各所が痒くなり、無意識に掻きながら睡眠をとっている状況であった。8月末、第2コースが始まった時点で腕、胸、太ももなどに湿疹が現れ出した。盛り上がりはないが赤くなる紅斑である。

8月29日（月）、第2コースの2回目の投与日に、伴先生の休暇のために田邉先生が診察をしてくれた。そのときにこのことを訴えると、これは抗がん剤に特有な副作用で、フラットの紅斑からぶつぶつしたハンプの形をした丘疹になるかもしれないとのことであった。その後、湿疹は次第に広がり、事実紅斑と丘疹の双方が身体に現れ痒みを伴い、2ヵ月ほど憂鬱な毎日を過ごすことになる。

がんになる1年半ほど前から、私はアレルギー性蕁麻疹《じんましん》にかかり、近所の皮膚科の医院に通っていた。明らかに抗がん剤による湿疹は、この蕁麻疹とは形態が異なり、一目でその違いがわかった。皮膚科で処方された痒み止めの塗り薬が非常に効くので、専らそれを使用して痒みをしのぐ有様であった。蕁麻疹の方は、湿疹に恐れをなしたためか、そのうち自然と現れなくなり治癒した。

しかし、痒みはゲリラ的に身体の各所に現れ、私を悩ますものとなった。夜半に手足が猛烈に痒くなり、目が覚めたこともある。そのうち、湿疹は現れないものの顔が全体として痒くなり、絶えずボリボリ掻く有様であった。皮膚の弱い瞼《まぶた》の部分に痒みが襲ってきたのにも参った。瞼をしきりにこするうち、大半のまつ毛が抜け落ちてしまった。

爪と皮膚の変色

頭髪の脱毛と同じように身体の外見に直接現れ出したのが、皮膚が黒ずんでくる変色である。私にとって、これも大変に気になる症状であった。皮膚は表面から表皮、真皮、皮下組織の三層で構成され多くの細胞から成り立っている。表皮の最下層にある基底層の細胞分裂は抗がん剤によって異常をきたすことがあり、それが表皮に近い角質層に影響するとその水分保持機能や防御機能が低下し皮膚に異常が現れる。

一般に皮膚の新陳代謝のサイクルは約4週間とされており、これに合わせて抗がん剤の副作用もその投与後4週間くらいで現れるようだ。

私の場合、9月に入り第2コースが終わった頃（計6回の投与）から顔に現れ出した。顔全体が日焼けしたようになったうえ、目の周りがパンダのように黒ずんできた。また入浴中によく見ると、胸、腹、下肢一体の皮膚も黒く変色しているのがわかった。この現象は皮膚の色素沈着といわれるらしい。

9月末から第3コースに入ったが、この傾向はますます強まってきた。特に手足の指、手首、足首の辺りに色素沈着が顕在化し、痒みはないものの外見上、甚だ見苦しい状態になってきた。

爪の変色もまた8月下旬、第2コースの抗がん剤投与と同時に始まった。手の爪の上半分が黒ずんできたが、これはゲムシタビンの影響らしい。そのうち爪が2層に分かれ出し、上下に亀裂が入り黒ずんだ個所が浮き上がってきた。爪自体が厚くなり、爪切りの刃がうまく噛み合わないほどであった。爪の下に粉のような物質がびっしりと詰まって、爪の厚さをいっそう引き立てるものとなった。

頭髪の脱毛も気になるが、これは鏡を見ないと本人にはわからない。しかし手の爪は否応なしにすべての行動の折りに目につき、黒くなった爪が、私はがん患者なのだと教えてくれる。この手足の爪の変色は、ゲムシタビンを投与する限り続くとのこと。だるさ・倦怠感と同様、当初から私の身体に深く刻み込まれた。

しびれとむくみ

抗がん剤は末梢神経に影響を与え、手足にしびれ、うずき、むくみなど惹起する副作用を持っている。私の場合、抗がん剤投与を始めてから9月に入り、1ヵ月ほどした頃より、手足のしびれを感じるようになった。手先がチリチリする感触になり、これは昔、鞭打症から頸椎を痛め手先に生じた症状と同じだと感じた。同じようなしびれは、足の指先にも現れ、歩行の際に身体のバランスが崩れることもあり要注意となった。特に駅の階段の下りでは気を使い、必ず手すりに摑まるかその傍を歩くことにしている。

10月に入り、抗がん剤の投与が一旦休止となったときに、今度は顔や足にむくみが生じてきた。ムーンフェイスとまではいかなかったが、顔が不健康にふっくらとしてきた。「お太りになりましたね」といわれるほどであった。足のむくみから、いつもの靴が履けなくなったという人の話も聞いていた。私の場合はそれほどでもなかったが、足首から下がむくみ、足を踏みしめると明らかに違和感のある感触となってきた。

手先のしびれによる直接の被害は、囲碁の最中に碁石がよく握れなくなったことである。注意しないと、碁石を落とすこともある。伴先生からしびれを防止する薬を服用するかと聞かれたが、それほど重症でもないし、あまり薬に依存するのも好まないので、そのままで過ごすことにした。

3　抗がん剤治療と共に暮らす日々

書斎生活

前節で述べたように様々な抗がん剤の副作用が生じたが、日常生活は発病前とほとんど変わらなかった。夜の外出は原則として控えたが、昼間は以前と変わらぬ生活を送った。その中で最も重要なのが、書斎での執筆、読書などであった。現役の頃より文系の学者の習性として、平日でも自宅の書斎に1日中こもって仕事をすることが多かった。特段外出の用事がない限り、がんが見つかった後もその仕事のリズムにまったく影響はなかった。

定年退職後、自宅でごろごろしていると亭主は奥さんから疎まれるようだ。しかしわが家では、幸いなことに家内は私の在宅スタイルに若い頃からすっかり慣れており、積極的に支えてくれた。私は典型的な朝型人間なので、朝5時に起床し朝食を終わらせると6時過ぎには書斎の机、パソコンに向かっている。午前中が一番、気持ちが集中でき仕事がはかどり、充実した時間を送れる。

まだ新聞、雑誌のコラム欄や巻頭言を月に2～3本、執筆している。いまとなってはこの執筆は、私が社会に対し発言できる数少ない機会となっている。そのための資料集め、テーマの設定、論旨の展開など面倒なことも多いが、実に楽しい、やり甲斐のある仕事となっている。

ご隠居になった私に、教え子や後輩がその研究成果をまとめた書物や論文をよく送ってくれる。それに眼を通すのも楽しいひとときである。また現役の頃は、時間がなく読みたくても読めなかった書物も大分溜まっている。それらをゆっくり紐解くときが来たということであろう。これらの書物にあわせて、いま話題を呼んでいる経済書も楽しい読み物となっている。

書斎での仕事も、昔は午前中に限らず午後も夜も続いたが、いまはそんな気力もスタミナもない。昼食まで続けばよい方である。午前中の書斎での仕事が、私の生活にハリを持たせつらい抗がん剤治療にも耐えられる気力を与えてくれている。

食事と体重管理

抗がん剤治療を始め、毎日の生活で最も変わったことは、日に三度の食事に以前にも増して気をつけ出したことである。抗がん剤を投与すると体重の減少が、顕在化してきたからだ。

「いくら食べても、吸収した栄養をがんが横取りして、全身がやせていきます」（門田守人『がんとの賢いつきあい方』52頁）

といわれるように、がんが進行すると身体が衰弱・消耗し死に至るようだ。同時に抗がん剤が投与されると、それに身体が闘うためにそれだけエネルギーを必要とし、その結果体重に負担が掛かるようだ。膵臓がんに罹患した知人や友人を見ていると、病気が発覚する前から食欲不振により体重が10kg程度も激減している。そして更に、治療が始まると抗がん剤の影響でこれに輪をかけ体重減で苦しんでいる。

私の体重は通常65～66kg程度あるが、抗がん剤治療が始まるにつれ一晩で1．5～2．０kgも体重が減少することに気がついた。一挙に62～63kgくらいに減少し、愕然とした。食べなくてはだめだということになり、家内が食事の内容に気を配り始めた。沼野先生から膵臓がん患者の食事として、糖質を少なくしたんぱく質を多く取るのがいいとの指示をいただき、とりあえず肉を中心としたたんぱく質を多く取ることにした。朝食からハムエッグやチーズなどを口にするようにし、果物にパンと紅茶だけだった昔とは様変わりした。

がんが明らかになった頃、ある知人から音声付体重計をいただいた。年齢、身長を計器にインプットして乗ると、自動的に音声で体重の他に、体脂肪、筋肉量、骨密度、基礎代謝量など7項目ほどの測定結果を報じてくれる。最後にそれらの結果を踏まえて、体内年齢にも言及してくれる。それによると最近では若干上昇気味だが、がん発覚当初は64歳という診断であった。実年齢より15歳も若いというので、がんと向き合うのに大きな戦力になると自信を持った。

がんに罹患後、食事に気をつけるという新たな仕事ができたが、苦労ばかりではなかった。私は元来、食べるとすぐに太る性質なので、食べ過ぎないように一種の食事制限を自らに課してきた。その制約が一挙になくなり、とりあえず体重維持のために食べねばならなくなった。就寝前に例の体重計で測定するが、翌朝の体重減に備えできるだけ食べる必要があった。そのため気兼ねせず腹一杯に食べられる爽快感を、久しぶりに味わうことができた。

抗がん剤投与の日は早朝から半日仕事になる。帰宅する前に、病院の玄関近くにあるスターバックス・コーヒーに立ち寄り、一杯のコーヒーで疲れを癒すのが楽しみであった。昔は控えていたドーナッツを大威張りで頬張ることができる幸せを感じている。

ジムとウォーキング

私は元来アウトドア派で、スポーツ大好き人間である。学生時代に山岳部に属し、山々を踏破した経験がいまでも色濃く体内に残っている。がんに罹患する前は、四谷にあるスポーツジムに週2回のペースで通い、それ以外の日にも近所をジョギングしていた。スキーシーズンには、1週間から10日間ほど蔵王、志賀高原、八方尾根などで昔の仲間と滑降の醍醐味を味わっていた。

毎朝起きるとすぐに、筋トレをかねてストレッチを20分ほどしてから、ステップマシンを10分踏む。これは40年ほど前に腰痛を患い、それ以来、腰痛体操の代わりに始めたものである。以来、飽きもせずに毎朝の習慣として続けている。がんの罹患後、どの程度同じように運動を続けられるかは、私にとっては大問題であった。

がんと向き合うためには、患者本人の免疫システムを高めることが大切だということは医学界で共通認識のようである。このためには一定のライフスタイルを維持することが重要になる。とりわけ重要になるのが、身体を動かすことである。これに関し、次の一文が説明している。

「免疫を支配するリンパ液は、血管にそって全身を巡っています。しかしリンパ液には血液のような動力機関（心臓）がないので、それ自体で動くシステムはありません。しかしリンパ液を動かさなければ、免疫力は十分に働きません。このリンパ液を動かすのは、筋肉の動きに他なりません。つまり、からだを動かさなければ、免疫力は十分に作用しないのです」

（藤野邦夫『ガンを恐れず』234頁）

がん患者にとってスポーツで身体を鍛える必要があることがわかったので、四谷のジムもいままで通りに通うことにした。しかし週1回のペースにして、マシンを使用して行う筋肉トレーニングも軽めにし、10分ほどの自転車漕ぎの他、プールでも水泳はやめ専ら20～30分の水中ウォークにした。運動が終わると、身体全体に血が駆け巡る感じがする。

ジムでの運動以外に、週1回程度ウォーキングをしている。数年前から年齢を考えジョギングから、ウォーキングに変えておりそのまま継続している。わが家の近くには、ウォーキングに絶好な雑司が谷墓地がある。緑に囲まれ木立も多く、閑静な自然環境は抜群である。墓地の碁盤目状の小道を30分ほどかけ丹念に行き来すると、すぐに5000歩を超えることになる。起床時のストレッチとこのウォーキングは、家にいても手軽にできるので大事にしている習慣である。

三々会と渡辺恒雄氏の激励

十数年前から、読売新聞主筆で言論界の大御所である渡辺恒雄氏を囲む会に参加している。最初は小泉政権の経済政策を議論するために数人で集まったが、そこに渡辺さんに加わってもらった関係上、次第に参加者も増え1ヵ月に1回夕食を共にしながら開催されていた。それがいつの間にか渡辺さんが主宰する会になった。話題は政治、経済、外交、医療、福祉など多岐にわたり、渡辺さんの談論風発に啓発され参加者は各々持論を述べながら楽しいときを過ごすことになる。

その後、渡辺さんが主宰しているもうひとつの会合と一緒になって、現在「三々《さんさん》会《かい》」という名称で集まりを持っている。参加者は財務省を中心とした官僚の皆さんで、非官僚では私だけ例外的に加えてもらっている。それだけ長年、政策形成などの審議会で財務省と縁が深いということであろう。

がんが見つかり、抗がん剤治療が本格化した8月末、夜の外出は無理と判断し渡辺さんに発病の経過を詳しく報告し、当分の間「三々会」への出席は控えさせていただく旨の書状を送った。私と同年輩の参加者が多いだけに、突然の末期膵臓がんの発病に驚かれたようだ。その後、渡辺さんから自筆のお見舞い状をいただき恐縮した。それには次のような心情溢れる激励の言葉があった。

〈拝復、お便りをいただき、びっくりしました。しかし、最近では抗がん剤が急速な進歩をしており、がんはなおる病気だとの見方が有力になってきています。石さんもおっしゃる通り、体内年齢は64才ですから、がんを征服してください。……一日も早く、(しかし焦らずに)元気になったら三々会に復帰してくださるようお祈りしております。

九月一日　渡辺恒雄〉

石　弘光先生

渡辺さんも2度のがんの罹患を経験され、それを克服されたとのこと。その勇気に大いに元気づけられている。

4　劇的な効果

骨髄抑制の制約

すでに指摘したように抗がん剤治療には様々な副作用――弊害が生じてくる。そのなかでも、多くのがん患者が遭遇する制約は抗がん剤を継続的に投与する際の骨髄抑制からくる白血球の減少である。白血球数の基準値の下限は３３００であるが、これを下回ると感染症に脅かされる。そうなると週１回、３週連続投与の予定を実行するのが困難になり、途中で休薬ということになる。白血球を増やす注射も用いられている。私と同じ時期に膵臓がんになった数名の知人は一様に、この白血球減少に悩まされ、ある期間、抗がん剤投与の中止を経験されていた。

幸いなことに、これまで私は白血球の減少であまり悩まされることはなかった。

次ページに、半年間の白血球の推移を紹介する。第１回目の直後に３０００まで落ち込んだのが唯ひとつの例外で、それ以降は上限を超えることはあっても正常な範囲に収まっている。

伴先生は実際の抗がん剤投与の判断基準に、この白血球の値の他に、血液の中でど

図3.1　白血球の推移

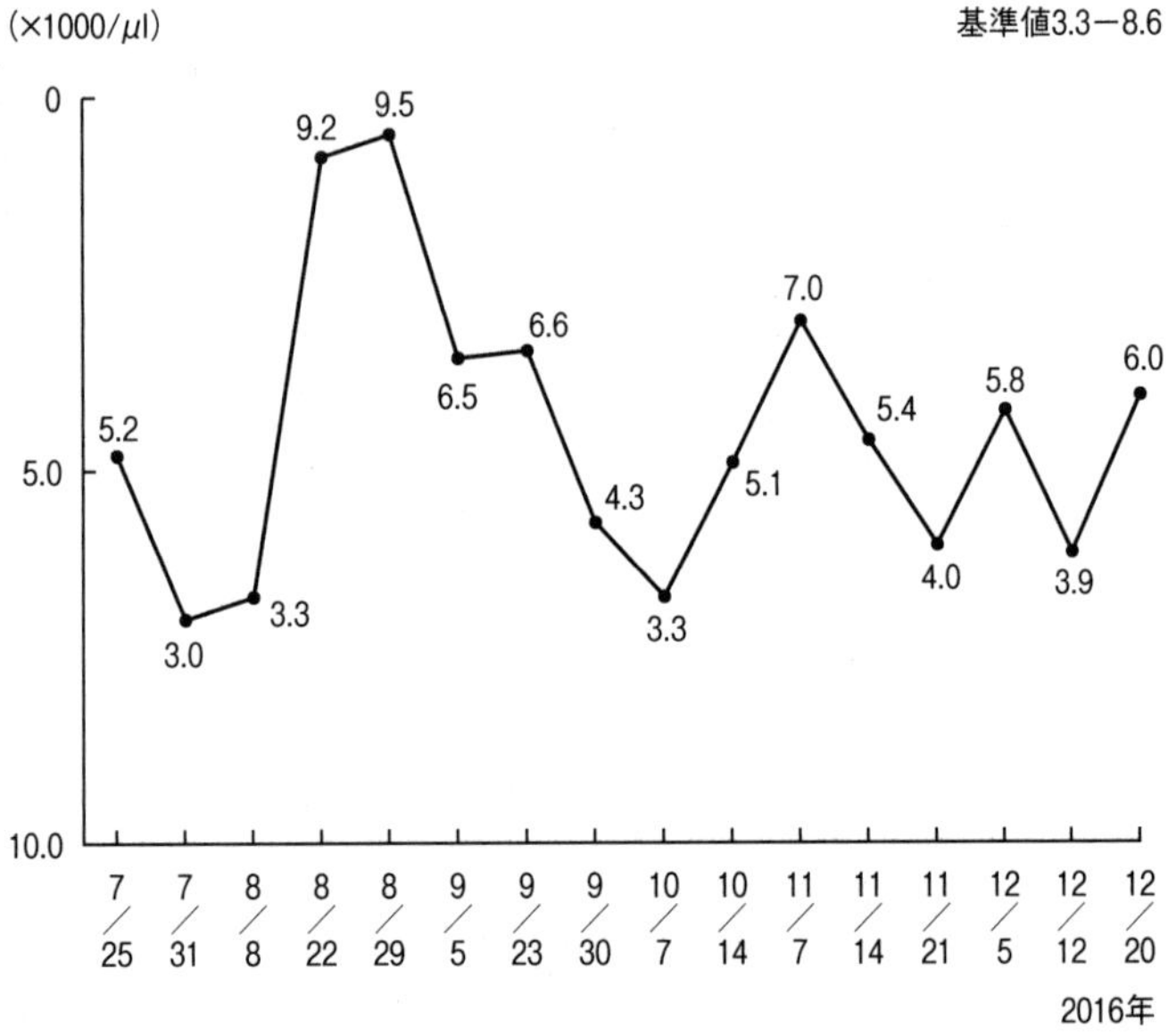

注：一般的にはこの数値を1000倍にした数値で使用している。

の程度白血球が作られているかの割合——好中球の変化も注視されていた。そして投与可能な条件件は、白血球×好中球＞１０００である。好中球の基準値は、41．７－74．1％である。２０１６年７月に抗がん剤の投与を始めてから年内まで、この基準値以下の30％台になったのは３度で、10月７日に１度だけ29．１％にまで落ち込んだ。このときは白血球数も３３００と下限ギリギリになり、両者の積は１０００以下となり、先述のようについに休薬せざるを得なかったわけだ。

骨髄抑制は、白血球の他に赤血球とヘモグロビンも減少させる。赤血球は酸素を運んで二酸化炭素を回収するという働きをするが、ヘモグロビンが減少すると酸素不足から貧血を起こしやすくなる。私の場合、抗がん剤を投与すると赤血球とヘモグロビンが共に一貫して減少してきた。赤血球数は基準範囲が４３５－５５５（×１００００／μl）であるが、投与後は大体３００台に落ち込んだ。一方、ヘモグロビンの方は13．7－16．８（g／dl）が基準範囲であるが、11－12程度に低下を示していた。

しかしこの程度は、貧血を起こすほどではないとのこと。伴先生はヘモグロビンの方をより重視し、それが一桁になったら抗がん剤投与を中止するといっておられた。幸いなことに、これまでこの状況に至ってない。総じていえば、私の場合、骨髄抑制が制約になることなく順調に抗がん剤治療が続けられた。

CTによる検査とその結果

がんの状況を調べるために、最初に抗がん剤を投与してから、3ヵ月ごとにCTで検査することになっていた。10月14日（金）に採血とCT検査だけを受けに、病院へ行く。CT検査は造影剤を静脈注射して行われたが、かなり強いらしく副作用（蕁麻疹、痒み、吐き気など）があることから、同意書にサインを求められた。また、糖尿病の人には、使用できないとのこと。

造影剤が注入されると、身体がかっと熱くなってきた。

検査結果は、10月17日（金）に伴先生の診察日に知らされた。冒頭に結果が非常にいいですよといわれ、嬉しくなったことを覚えている。結果は次のようにまとめられる。

・膵体部のがん本体は、前回の48㎜から30㎜に縮小した（6月16日に37㎜とあるのは、MRIによるのでCTの画像とは異なっている）。
・膵尾部のがんは萎縮した。
・リンパ節への転移は、左鎖骨上の目立ったものを含めほぼ消滅した。この点、伴先生の評価によると、「ほとんど正常化」した状況になった。
・ＣＡ19－9の値も、23．7まで下がった。
・両肺転移、著変はない。

抗がん剤治療を始め３ヵ月が経ち、まさに劇的な成果といえよう。前途に明るさが見え、手がかりを得たことになる。この成果を踏まえ１ヵ月ほど休薬し体調を整えてから、治療の第２弾に入ることになった。具体的には、抗がん剤がアブラキサン＋ゲムシタビンの組み合わせであったが、ゲムシタビン単体の投与にするとのこと。副作用の強いアブラキサンが使用されないのでＱＯＬが改善されると、期待感が高まった。

がん研有明病院の福井先生にお知らせしところ、早速次のようなメールをいただいた。


〈副作用はつらいでしょうが、良好な効果はつらさを薄めてくれます。進行するのも速かったですが、効果が出るのも速かったですね。おいしいものを食べ、散歩にも精を出して、頑張ってください。さらなる改善を期待しています〉

（２０１６年10月16日）

しかしがんの進行は、この程度で収まるはずはない。このときは楽観し、このまま問題なく推移し、がんも征服できたかのような気持ちにさえなった。しかし次章以降でおいおい説明するが、半年後から、がんが再度活発化してきた。CT検査でもその兆候が見られ、また腫瘍マーカーも上昇し始めた。

がんは決して甘いものでないことが、骨身に沁みてわかってきた。

腫瘍マーカーの動向

膵臓がんにはその状況を伝えてくれる腫瘍マーカーのCA19－9が存在する。前述のように、7月に検査入院した折にこの値が975．4まで跳ね上がり、膵臓がんに罹患したと観念した。左に、2012年7月以降のCA19－9の推移を紹介している。

2015年までの値は、がん研有明病院の福井先生が前立腺がんの膵臓への転移を懸念され血液検査に入れていただいたものである。2012年からがんが発生するまでの間、その値は3．2、2．4、8．0といずれも無視できるほどに低い。

ところが1000近くまで上昇したこの値は、抗がん剤を3回投与したばかりの8月には216．8まで一挙に下がり、9月には140．8、その後2桁まで低下し12

図3.2　CA19-9の推移　その１

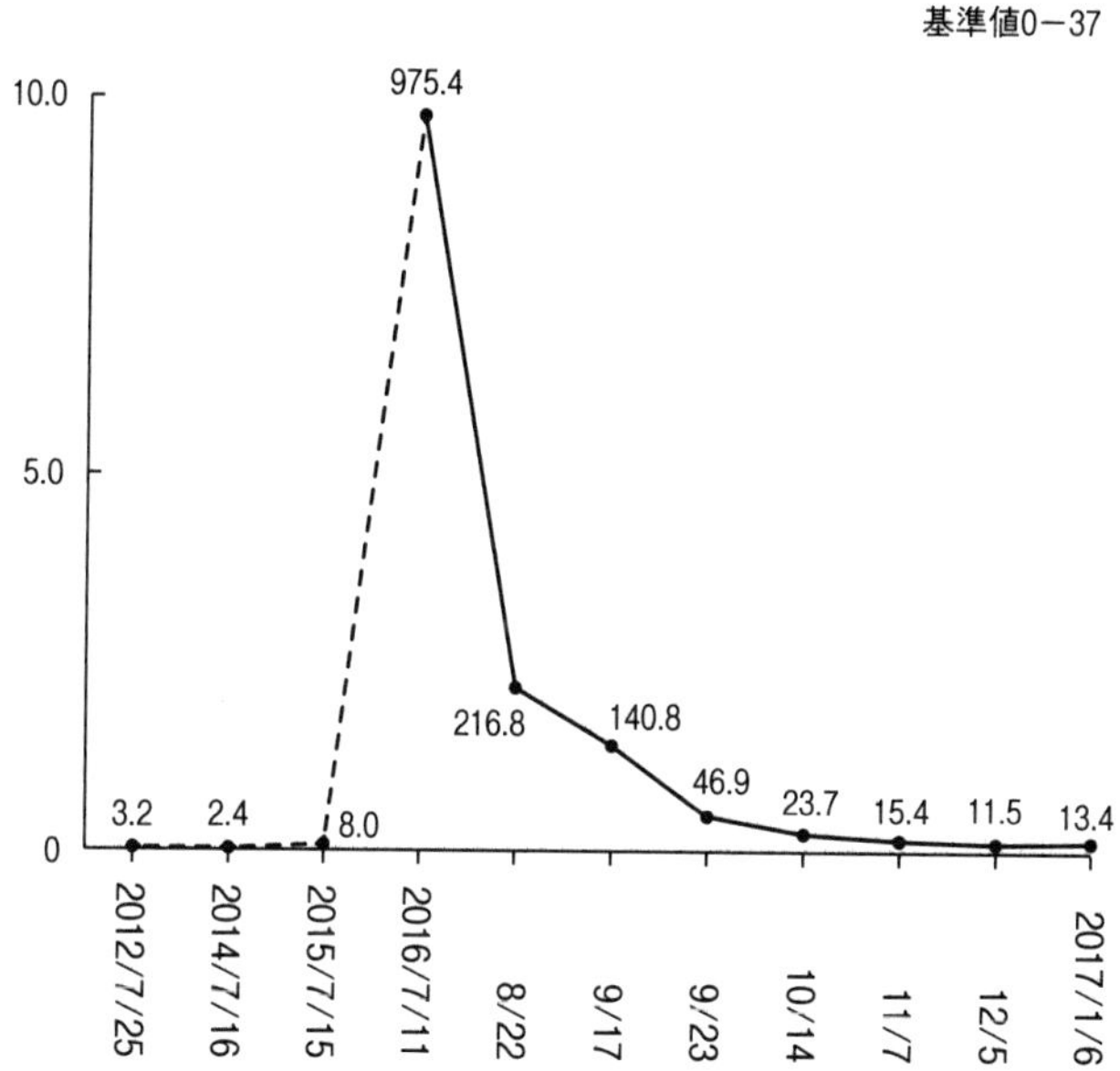

月にはついに11．5までになった。

この急下降はまさにCT検査による結果と呼応するものといえよう。がん本体が6割ほどに収縮し、転移先が「ほとんどで正常化」した背景には、このような腫瘍マーカーの急激な低下傾向があった。がんはとりあえず、10月以降休眠し悪さをしない状況になっているようだ。

この休眠状態をいかに長期間持続させるかが、今後の「がんとの共存」の目標となった。

第４章

治療の第２弾

――がん生活とＱＯＬ（生活の質）の維持――

1　抗がん剤との生涯の付き合い

抗がん剤の蓄積効果

がん治療は9月30日で第1弾を終え、それから11月7日に第2弾が始まるまで約5週間の休薬期間があった。この休薬には、抗がん剤で痛めつけられた身体をいたわり体調を整え次に備えようとの狙いがあった。私はこの期間、抗がん剤は体内から放出され以前と同じようにすっきりとした体調に復活できるのではと期待していた。

しかしこの期待は無残に裏切られた。

まず第1に、倦怠感は少し改善したと思ったときもあったが、一貫して続いた。特に下半身に集中してきた。身体が全体としてすっきりとしないと、日常生活も気分的に落ち込むものである。その後の経過から見ても倦怠感は続き、私にとって抗がん剤治療の最大の難敵となった。

第2に、顔、足にむくみが現れ出した。また、皮膚が色素沈着から日焼けのように変色して来た。顔のむくみから太ったように見えるらしく、日焼けしたようになったこととあいまって久しぶりに会った知人から、「お元気そうですね」といわれる始末であった。

第3に、9月末に一旦収まった頭髪の脱毛が、この休薬中に再開した。休薬中に2回目の脱毛が発生するというのも抗がん剤の特徴のようだ。おそらく頭髪の7~8割は抜け落ちただろう。外出時はもちろんのこと、家にあっても帽子の着用が不可欠となった。この間、講演や会議に出席したときも出席者に断り、帽子をかぶったままで押し通さざるを得なかった。

第4に、痒みが顔に現れ出した。特に皮膚の弱い瞼が痒く、掻き続けているうちに、まつ毛が消滅したほどである。

結局、休薬を5週間しても、抗がん剤の副作用が残るのは、体内に薬が残りがんと対決しているからに他ならない。これが抗がん剤の蓄積効果であろう。抗がん剤の毒性が、休薬中に休息したがる身体をいじめ続けているようだ。

そもそも抗がん剤は、正常細胞とがん細胞を区別できない。投与されると双方に作用するだけに、本来そっとしておいて欲しい正常細胞にまでダメージを与えることになる。これがその副作用である。次の一文が抗がん剤の性格をよく説明している。

「本当は腫瘍だけに効いてほしいのに、抗がん剤は全身を回って正常な細胞も攻撃し、がんより先に宿主の体をズタズタにしてしまう。抗がん剤とは、がんになった人間を生きるか死ぬかの瀬戸際に追い込んで、運よくがん組織の方が先に死んでくれればラッキーというばくちのような「薬」なのである。がん種によってよくなる人もいるが、多くは苦しみながら延命するだけで治癒することはない」

（奥野修司『がん治療革命』88頁）

問題は、「苦しみながら延命するだけ」なのか、ということであろう。ある程度日常生活を正常に送れるくらいのＱＯＬの水準を保ちながら、延命できればそれも悪くはないと思う。初発の２ヵ月半の抗がん剤治療が終わり、いよいよがんと共存する生活が始まることになった。

新たな処方箋

アブラキサン＋ゲムシタビンの組み合わせの抗がん剤を9月までに8回投与した後、先述のように顕著に効果があったので、次の方針として伴先生からゲムシタビン単体の投与にしようと示された。ＴＳ－１のような別の選択肢もあるようだが、いまゲムシタビンが非常によく効いているので変える理由はないとのこと。その後の成果をみて、順調ならその投薬回数を週2回、1週休薬、更にもっと順調に推移したら週1回投与、1週休薬のサイクルにしていきたいとのことであった。

伴先生から、「しかし抗がん剤とは一生縁が切れませんよ」と念を押されたが、ゲムシタビンの週1投与、1週休薬がどうも最終ゴールのようだ。ここで私も腹を括らざるを得なかった。先の福井先生のメールで「私の患者さんにもジェムザール（ゲムシタビンのこと）の投与で5年以上頑張った方もおられますので、先生も頑張っていただきたいと思います」との励ましの言葉をいつも反復していた。

おそらく現代医学において、抗がん剤は人類の作り出した最強の薬だと思う。といっても転移や再発をした臓器の進行がんを根治することはできないようだ。それなのにどうして副作用が強い抗がん剤を使用しようとするのかといえば、これ以外の治療法が今のところ見当たらないからである。

これに関連して次のような一文に興味を覚えた。

「史上最強の薬である抗ガン剤といえども、治療をうける患者の心がまえひとつで効力がちがうということです。日本でも外国でも『抗ガン剤を嫌がる患者には、薬は余り効きません。この抗ガン剤のお陰で今日のガン細胞が死んでいく、と考える患者によく効きます』という人たちがいます。ここにも人間と薬のふしぎな関係があると思わざるをえません」

（藤野邦夫『ガンを恐れず』160頁）

これがまさに私の置かれた環境である。そこで抗がん剤と仲よくしなければならないと、いつもわが身にいい聞かせることにした。

抗がん剤治療とＱＯＬ

私自身、がんに罹患してから様々な人が書いたがんの闘病記をよく読むようになった。読む前に、必ず奥付の発行年月日を確認することにしている。というのも抗がん剤治療とその副作用に関しては、ここ10年ほどの間で非常に進歩、改善されていると感じるからである。１９８０～９０年代で抗がん剤治療を受けるということは、かなり強力な副作用を覚悟せねばならないということであった。たとえば近藤誠『患者よ、がんと闘うな』（第１章）で紹介されたような著名なジャーナリスト千葉敦子氏（故人）が経験した、１９８０年代の猛烈な抗がん剤の副作用の苦しみなどは、いまや昔話であろう。

現在は、多くのがん患者が経験しているように、抗がん剤の副作用は格段に軽減されたと思う。私自身、アブラキサン＋ゲムシタビンの抗がん剤を投与され、まず２ヵ月半、前述のように厳しい副作用が現れそれに耐えねばならなかった。しかしそのＱＯＬのレベルは、自分の命と引き換えに考えたら十分に我慢ができる範囲であった。その後、ゲムシタビンだけになったということで、後述するように副作用も軽減され

ＱＯＬは数段改善された。今後、十分に抗がん剤治療に対応しきれると考えている。

だががん患者として実際に抗がん剤治療を受けてみて、体力と気力の勝負だとつくづく思い知らされた。抗がん剤に批判的な二人の医師、萬田緑平、近藤誠両氏の会話が興味深い。

「萬田　抗がん剤治療は戦争です。敵＝がんが勝つか、味方＝体が勝つかの戦い。自分はやられずに相手だけ殺そうなんて、そんなに都合よくはいかない。勝つ（命が長くなる）チャンスもあれば、負ける（命を削る）リスクもある戦いなのを、よく理解して戦わないと。

近藤　僕は、抗がん剤を打つのは農薬を飲むのと同じで、勝ち目のない戦いだとおもうなあ」（近藤誠、萬田緑平『世界一ラクな「がん治療」』、30頁）

だが抗がん剤は農薬とは違う。農薬のように服用したらすぐに死ぬわけでもなく、私のように抗がん剤はある期間であろうが、非常に効く患者もいる。

抗がん剤を投与しなければ、私の寿命は半年間くらいで尽きていたかもしれない。抗がん剤はがんを根治できず単に延命を図るだけだといわれるが、ＱＯＬをある水準に維持でき日常的に正常な生活が営めるのなら、延命という限定的な役割で十分に存在価値はあると思う。

かかる事態を踏まえ、がんと向き合うために、利害得失はあるが抗がん剤投与は不可欠な手段だと思っている。問題はＱＯＬの維持とその延命の期間であろう。ここに抗がん剤治療の成否がかかっているといえよう。

吉田信行さんに会う

第2弾の治療が始まって間もなく、11月下旬に吉田信行さんと会った。次女の恵子さんが私のゼミの教え子であったこともあり、吉田さんとは長いお付き合いである。当日、恵子さんにも同伴してもらい家内も交えて4人で昼食をとった。

吉田さんは、産経新聞で特派員を多く経験され論説委員もされた国際派の記者である。不幸にして、56歳で肺がんとなり当時余命3ヵ月といわれながら、現在75歳まで治療を続け元気にされ、まさにがん患者の手本となっている。私ががんに罹患してから、一度お目にかかりいろいろお話を伺いたいと思っていた。

久しぶりにお目にかかると、顔の血色もよく健康そのものに見える。現在もなお、毎月病院に行き再発に備え定期検診を受けられているとのこと。その生命力の旺盛さと注意深い健康管理に改めて敬意を表した。

吉田さんには、様々な話を伺い大変参考になった。治療を受けられたのは20年前なので、私の受けている治療とは異なっている。抗がん剤ひとつとってもこの間に随分進歩したように思われる。といってもがん撲滅までは、人類の道のりはまだまだのようだ。

がん患者としての心構えなどは、その道の先輩からの教えは貴重なものだと実感した。実りのある午後のひとときであった。

2 がん治療・生活とQOL維持

教え子たちと交流

抗がん剤が一生の付き合いとなれば、今後かなりの期間QOLを維持しつつ、がんと共存しながら残された人生を過ごさねばならない。生活を楽しむという視点から、私は積極的に行動することにしている。そのひとつが、教え子たちとの交流である。

大学で40年近く教鞭をとり、ゼミで学生を指導したために、私のゼミで直接学んだ学生は300名近くになる。一橋大学独特のゼミナール制度のために、単に勉学だけでなく飲み会、旅行、スキー、山登りなどを共にし、家内はもとよりわが家の家族まで一体となった付き合いを長いこと続けている。

先述のように、今回のがんが発覚した２０１6年6月に滋賀へ三日月大造知事を皆で訪問しようという企画があった。それだけに、私の突然の不参加はその理由を説明せねばならず、教え子の間で私のがん罹患は広く知られるようになった。そもそも暑中見舞いなどもらい、「お元気のことと思いますが」などの挨拶に、嘘もつけないので事実を説明した返事をすることにした。

ここ十数年、教え子たち全員のゼミの総会は大きくなり過ぎたのでやめ、専ら学年ごとの集まりに切り替え、十数名のこじんまりした会で食事を楽しむことにしている。夫婦二人で参加してくれる場合もある。がんが見つかった後、私の病気を見舞いたいのか1～2ヵ月に1回くらいの割合で、教え子たちとの食事をする集まりに招かれている。おそらく教師にとって、これほど楽しい時間はないであろう。他の職種の友人たちから羨ましがられている。昔、手取り足取り指導した教え子たちが、家庭を築き立派に社会人として成長した様子を見るのは何物にも代えがたい。彼等との交流が、苦しいがん治療の生活を支えＱＯＬを大いに高めてくれている。

初めの頃の教え子たちはすでに古希を迎えている。私が退職したので、新規のメンバーが増えない中で高齢化が急速に進んでいる。彼らの中には、健康を損ない療養を余儀なくされている者も何人もいるが、これからも教え子たちと、仲よく年を取りたいと念じている。

スキーとその仲間たち

私の趣味は、山登りとスキーである。この趣味を通しての多くの仲間たちとの交流もまた、がんと向き合う生活の苦しみを癒してくれている。

すでに触れたように、中学生の頃から始め、大学では山岳部に所属し、本格的な山登りに情熱をかたむけてきた。昔の山岳部の仲間たちは半数近くがすでに存命しないが、いまなお未亡人も交え旅行や忘年会を通じ仲よくしている。まさに心の友たちである。

ゼミでの学生指導にも、山登りとスキーは必修であり、よく合宿を行ったものだ。海外に出掛けるようになってからも、本場のヨーロッパ・アルプスやアメリカではロッキーなどで、山登り、スキーをしばしば楽しんできた。とりわけ私のスキー歴は長い。戦後まだ日本が本格的に復興してない1950年頃からスキーをしているから、70年近くは雪と戯れていることになる。

年齢を重ねると、体力的なこともあり次第にスキーに比重がシフトしてきた。今回のがんが見つかる前まで毎シーズン数回、10日間程度は各地のスキー場を巡っていた。幸いなことに、私は様々なスキー仲間に恵まれている。

特筆すべきは、ＺＡＯ会の仲間たちである。毎年1月の中旬に蔵王に全国から集り、数日間の合宿を行う。もともと霞が関の官僚グループの集まりであったが、気づけばマスコミ、司法界、会社員などに範囲は拡がり、今では異業種交流で40名近い仲間に膨れ上がっている。いつの間にか私が最年長ということで会長に祭り上げられ、家内ともども毎年参加している。一昨年25周年の記念パーティーをしたほどだから、もうすっかり定着したことになる。

そのひとつの要因が、いつも宿泊先となっているホテル「ル・ヴェール蔵王」の川崎さん夫妻の温かいおもてなしである。お二人のご尽力なくして、こんなに長くＺＡＯ会も継続しなかったであろう。スキーを取り巻く縁だけで、単なる同好会の域を超えない仲間の絆がこれほど強いとは、いつも不思議に思っている。都会にあっては、気の合ったＺＡＯ会の仲間同士でよく会食している。また各所に出掛けている。横浜の三渓園へ行き、自然に囲まれた中で、移築された昔の建物を鑑賞してきたこともある。

今シーズンもスキーをと思い、ジムなどで身体を鍛えてきたが、抗がん剤の副作用で下半身にしびれやむくみがあり、力が入らないので到底無理と判断せざるを得なかった。スキーには転倒、怪我、骨折の恐れもあるので、何かあったら今後の治療に差支えがあるので、涙を呑んで断念した。スキーは断念したが、仲間たちの顔を見に湯治をかねて家内と一緒に1月の中旬ZAO会の合宿に蔵王まで行ってきた。

それからもうひとつ、教え子たちとの志賀高原でのスキー合宿も忘れられない。はや40年ほど前になるであろう、教え子たちとある会社の志賀高原の保養所を借り、3月にスキーをする合宿が始まった。必ずしも毎年続いたわけではないが、以来、奥志賀を中心に年1回合宿を行い、スキーを楽しんできた。二人の息子も小学生の頃より仲間に入れてもらっているので、すっかりスキーが好きになり大学時代にはスキー部に所属したほどである。

今年も雪の便りが聞かれる頃、いつも行く仲間の幹事から日程の調整などの相談で問い合わせを受けた。事情を話し、志賀でのスキーも断腸の思いで諦めた。しかしスキー仲間との繋がりは、私のがんと向き合う生活の日々を豊かにし、QOLを大いに高めてくれていると思う。

エコノミスト村

北アルプスの山麓を走る大糸線に松本から乗ると、信濃大町に出る。登山の基地であり、若いときから私は足繁く通っている。よく熊撃ちのマタギはその季節がくるとぞくっと身震いするといわれるが、私も信濃大町のプラットホームに降り立つと山の冷気を感じいまなお、ぞくっとする。駅からからバスで1時間ほど行った扇沢から、富山県の方に抜ける立山アルペンルートが開通している。トロリーバス、ケーブルカーなどを乗り継いで黒部峡谷を越え、アルプスを横断し室堂まで行けば、そこはもう日本海側である。

扇沢へ行く途中、大町ダムの下にエコノミスト村がある。40数年前に当時著名なエコノミスト稲葉秀三、向坂正男、山田良三の三氏が別荘地として開村したもので、エコノミストたちが夏などに集まり日本および世界経済の動向などを議論しようとしていたものだ。当初は大学、官庁、研究所などに籍を置くエコノミストが多かったが、子どもや孫の時代になると次第にその数は激減し、いまでは数えるほどになってしまった。

山田良三さんは大学の山岳部の大先輩で、しばしば一緒に登山したこともあり下山した折、エコノミスト村の山田宅によく泊めていただいた。村の中央には皆の共用施設の本部があり、そこでは葛温泉から引いてきた温泉に入ることができた。この村がすっかり気に入り、私も経済学者の端くれとして30年ほど前に小さな山小舎を立て村民になった。

ここが私の仕事部屋となった。書庫も作り、研究室や自宅の書斎に入りきらない蔵書の一部を移すことにした。2階の書斎の窓から山を見ながらの執筆は最高で、ここに籠り何冊かの書物も書き上げた。仕事場であるのと同時に、この山小舎はまた登山とスキーのベースキャンプでもある。エコノミスト村は丁度、後立山連峰の山麓にあり登山には事欠かず、近くに八方尾根、鹿島槍、五竜遠見、栂池などのスキー場も点在している。スキーも単なるゲレンデはなく、5月の連休には立山アルペンルートを利用し室堂へ行き、そこから立山へ上り残雪の御山谷を黒部湖目掛け、大滑降を試みたものだ。

村には、四季折々、猿やカモシカ、そしてときには招かれざる客として熊もやってくる。このような自然の中で、70軒ほどに分散して過ごす村民たちは、夏や冬の休みの折は大勢集まり交流の輪を広げている。バーベキューや餅つきなども楽しいイベントである。

私はがんに罹患後も、何度もエコノミスト村へ行っている。大自然に囲まれて生活すると自ずから浩然《こうぜん》の気が養われ、また温泉はがん治療に有効な免疫力を高めるようで、ＱＯＬは都会にいるより数段と上がるようだ。

囲碁ライフ

がんと向き合う日々の中で、囲碁には大分時間をかけている。おそらく自宅で読書し書斎で仕事をする時間に次いで、囲碁にかける時間は多いであろう。単に直接囲碁で対局をする他に、ＴＶや書物を通じて研究する時間も楽しんでいる。囲碁を始めて新しい友人も多くでき、生活環境も色彩豊かになったと思う。囲碁が私の闘病生活の支えになっていることは明らかである。がん治療中にもかかわらず、私のＱＯＬが十分に維持されているのは、囲碁があるからだと思っている。

本格的に囲碁を始めたのは、すべての公職を去った74歳を超えてからである。若い頃、囲碁のルールくらいは知っていたが、時間に追われ本気でやる機会を逸していた。そこで退職して時間が自由になったら、ぜひ本格的に囲碁を学びたいと思っていた。

がんが見つかったのは、囲碁を始めて４年経った頃である。その頃、日本棋院の囲碁教室に週１回通い、また如水会館の囲碁室で如水囲碁同好会の例会やら卒業年次ごとにある碁会に顔を出している。少なくとも週2〜3回は、囲碁を楽しむ機会に恵まれていた。病気になってもこのペースは変わらず、かえって気合が入ってきた感じがする。

囲碁は、頭脳を使う最高の知的創造ゲームだと思う。勝ってよし、負けてよし、どちらでもよい。勝てば単純に嬉しいが、負けたときにはその原因も明確なので、口惜しさと共に思い出しては脳の活性化に役立てている。

囲碁仲間は、時折合宿と称して泊りがけで近くの温泉などへ出掛け、囲碁三昧を楽しむことがある。昭和42年卒の囲碁愛好会のグループが、早川良一君の肝いりで春秋年2回、彼の弟が経営する南会津のペンションで合宿をしている。卒業年次はだいぶ違うが参加させてもらっている。囲碁以外にも、近くで温泉やゴルフ、山登りが楽しめ、大自然に囲まれた会津での合宿は、楽しい年中行事のひとつである。もちろん、がんに罹患してからも参加し体調に気を配りながら楽しんでいる。

日本棋院の仲間たちとは、毎週1回教室で会い、昼食を共にした後、午後いっぱい対局を楽しむが、この他にもやはり囲碁合宿を行っている。熱海で一泊、温泉につかりながらの対局もこれまた楽しい。

3　抗がん剤の副作用その後

改善した頭髪と髭

５週間の休薬期間を終え、ゲムシタビンだけの抗がん剤治療の第２弾が11月７日（月）から再開された。アブラキサンを取り止めたので、頭髪が復活するのではと期待が膨らんだ。実のところ脱毛は８～９月の初期の段階で進んだが、休薬中に更なる進捗があった。11月12日（土）に一橋大学の荒憲治郎ゼミのＯＢ会で講話を頼まれていたが、演壇でも帽子を着用せざるを得ない状況に追い込まれていた。

頭髪の状況は、抗がん剤治療を受けつつもやはり一番気にかかるポイントである。アブラキサンを止めた効果は、２ヵ月後の11月末頃からボツボツ現れだした。頭皮に短い毛が生え出し、頭髪をなくした箇所を覆い出した。長髪までにはなかなか至らなかったが、それでも暮れから正月にかけ短いながら生え揃え、ＧＩカット程度並みにはなってきた。年明けの最初の診察の折、伴先生が「随分と毛が伸びましたね」と感心するくらいに伸びてきた。

２０１７年に入り、１月11日（水）に垣添先生と対談をする（本書巻末に収録）。失礼ながらこのとき一緒に撮影した写真を見ると、先生と同じ程度の頭髪の状況であった。それ以降、順調に頭髪が増え、あまり気にならなくなってきた。といって理髪店へ行ったり、毎日整髪剤を使用する段階ではまだなかった。

頭髪の再生とほぼ同時に、11月中旬頃から口の周りに髭も生え出した。本格的な抗がん剤治療が始まった8月以降、髭がまったくなくなり韓国や中国の時代ドラマの宦官のような状況になっていた。抗がん剤の影響で血小板が減少し出血しやすくなるというので電気カミソリを購入していたが、髭がないのでほとんど使用してこなかった。発病前のように毎日の髭剃りが日課になるほどではなかったが、それでも1、2日おきには電気カミソリの出番が回ってきた。そのうちいずれ、毎日の髭剃りの仕事が復活することになると期待している。

長引く副作用

アブラキサンを休止したことにより頭髪と髭の状況が改善され出したが、しかし抗がん剤治療を始めて以降、依然副作用が続く症状もあった。第一が、途絶えることのないだるさと倦怠感である。治療の第2弾でゲムシタビンだけの投与になったので、改善が期待されたが、若干軽減される程度であった。5週間に及ぶ長い休薬中にもだるさは終始下半身を中心に体内に残り、楽をさせてもらえなかった。ひどい時には、身体に鉛をつけられたかのようであった。

日常生活に支障をきたすほどのだるさではないが、それでも軽快な身のこなしは難しかった。身体がなんとなくだるい、重いということは、自分は健康だと思えずいつもがんのことを思い出させるものとなった。特に階段を上るときには身体が重く辛かった。がんが見つかる前は、駅などではエスカレーターに乗らず階段を利用していたが、抗がん剤投与後は専らエスカレーターやエレベーターでのんびりと上ることにしている。

一方、足の指の方は一層強くしびれ、特に足首から下はむくみもあり、いつも違和感に悩まされている。一時期顔に現れたむくみは、その後あまり気にならなくなった。

副作用の最盛期に悩まされた湿疹、皮膚の痒みや色素沈着は、ゲムシタビン単体の投与になってからほぼなくなった。ただ両足首下の甲一帯の皮膚は変色し黒ずんだままであった。身体の外に現れないだけに問題ないが、靴下など代えるときにはどうしても眼につき「自分はがん患者なのだ」と意識させられる。

垣添忠生先生との対談の反響

月刊誌『中央公論』3月号で垣添先生との対談が開催された。「膵臓がんでも私は負けない」といった派手なタイトルのせいか、かなりの反響を呼んだ。知人、友人、教え子からの手紙、メールの他、編集部にも直接に感想が寄せられた。

早速、親交のある作家の幸田真音さんから、心温まるお見舞いのメールをいただいた。

〈実は先日、月刊『中央公論』でご病気のことを初めて知りまして、それでも毅然とされているご様子に、さすが先生だなと、敬服しつつ嬉しく思っております――どうぞ、くれぐれもお大事になさってくださいませ。ご回復をいつも心より祈っていますす〉

その他にも、数多くの激励や見舞い状をいただいた。

以下、いくつかを紹介しよう。まず長年お付き合いのあった医師のA先生からのメールである。

〈数日前、中央公論3月号で先生と垣添先生の対談を拝見し、大変驚きました。それ以上に、大きな感動を覚えました。御病気が判明して以来、御心労は如何ばかりかと拝察しておりますが、先生の御言葉の一つひとつが医師としての私の大きな教訓となっております。先生の御考え、毎日の生活は、病気の大きな抑制力となっております。内科療法の最近の進歩は目ざましく治療が奏効しますことを願っています〉

次は、同誌アンケートに答えてくれたある読者の声である。

〈末期膵臓がんに負けない――この記事に救われた思いです。実は年末、主人73才が突然宣告を受け、死ばかりを意識して暗い日々を送っておりました。現在入院中ですが、この記事を読ませていただき、明日から希望を持ちながら夫婦で病に打ち勝つように頑張ります〉

少しは私の体験がお役に立ったかと、正直嬉しくなった。昔からの山仲間N君からも、心温まる声援をもらった。

〈中央公論を読みました。発見されたときに手遅れになる膵臓癌のおそろしさ、運よくそれをのりこえて、更にいつ急変するか解らない病状と戦っている貴兄を知り、その勇気と努力に大いに感動しました。貴兄を支える奥様の献身的看病も身にしみてわかり、ご夫婦で共同でがんと闘う姿に頭が下がります。大学1年生から山岳部の貴兄に、『けっぱれ』の声援を送るだけのわが身が歯がゆい気持ちがしています〉

ある会社で秘書をされているKさんからも、心のこもったメールをいただいた。

〈中央公論の記事を読みました。うまくお伝えできませんが、深い感銘を受けました。イヤな気持ちを持つことなく、サラサラ清水が流れる川のような境地にいたるよう、毎日濃く過ごす努力をしようと思います〉

最後に、教え子のI君から来た手紙の一部を抜粋しよう。

〈するべきことをし終えたから、という先生の言葉、素晴らしい数々の実績に裏打ちされていると知りながら、羨ましさを感じずにはいられません。それに生に執着なく生き、死に不安を持たずに暮らされているという囚われのない自然さで毎日を過ごされていることに、密かに喝采の声をあげたいと思いでおります。それに奥様のとても強い精神力、それは先生の伴侶になられてから涵養された部分も大きいのでないかと思うのですが、それがこれから数奇な力となって先生を支えていくに違いないと確信しています〉

いずれにしろ、このような心のこもった数々の声援を貫い、そう簡単にくたばれないと気持ちを新たにした。

4　定期検査とその結果

3ヵ月ごとのチェック

抗がん剤治療の効果を見るために、定期的にチェックする必要がある。伴先生の方針で、３ヵ月ごとに造影剤を入れたＣＴ検査でがんの状況を調べることになっている。前回は10月14日に検査が行われたので、11月第1週に始めたゲムシタビン投与が年明けの２０１７年1月20日に3コース（合計９回）終了したのを機に、1月27日（金）に第２回目のＣＴ検査を受けることになった。

前回同様に、検査を受ける前に同意書を提出し、ＣＴの撮影中に造影剤の投与を受ける。投与と共に身体が熱くなりいかにも検査を受けた感じになった。検査自体は10～15分程度で終了した。

1月30日（月）に別の用事で病院に行く機会があったので、ＣＴ検査の結果を聞きに伴先生の診察室を訪れた。10月に実施した前回のＣＴ検査で、がん本体が6割程度に縮小し、リンパ節の転移も画像上消えたという劇的な効果があった。この結果をアメリカで医師をしている嫁に伝えたところ、彼女は勤務先のクリニックで同僚と話題にしたらしい。そうするとアメリカの医師の間で、異口同音に"incredible"(信じられない)という声が上がったとのこと。

今回も内心、私はこのような効果を期待していたようだ。つまりがんのサイズが更に縮小し、半減してくれればいいなあと願っていたといえよう。しかし残念ながら今回の検査結果により、このような甘い期待は打ち砕かれた。

検査報告書に、次の2点が記されていた。

(1)膵体部がん。前回から変化ありません。
(2)多発性肺転移。軽度増大しています。

(1)に関し、伴先生はCTの画像にスケールを当てながら若干、がんが大きくなっているようだといっておられた。たしかに黒く映ったがんの部分は、素人が見ても心持ち拡大しているような気がした。しかし専門の読影医の診断が(1)なので、余り重大視しないことにした。
それより(2)の方が、気になった。具体的には、「両肺に結節が多発している。新たな微小な結節が出現しており、最大径(右肺S6胸膜直下)は10㎜から13㎜に増大している」（注：結節は腫瘤のこと）との診断記述があった。

今回のＣＴ検査の結果と呼応するかのように、２月10日の血液検査でＣＡ19－９が25．０に上昇していた。前回（1月6日）の結果が13．４であったから、基準値37．０以下であるがかなり増えたことになる。伴先生もちょっと気にしているようであった。やはり、ゲムシタビン単体の投与では、がんの活動を抑えきれないようだ。右記の（１）（２）の検査結果がそれを物語っていた。

がんと共存するために、がんをもっと縮小しなくてはいけないのではと質問したが、先生の説明によるといま３cmにまで縮小したがん本体は、固まってしまうとそれ以上はあまり小さくはならないとのこと。これからその規模が増大しないようにすることが、重要なようだ。

がんが目覚めた！

すでに図３．２（131頁）で見たように、アブラキサン＋ゲムシタビンの抗がん剤投与で腫瘍マーカーＣＡ19－９は、劇的に低下した。投与前の２０１６年７月に９７５．４であったのが、10月には23．７までに減少し、そこで11月からゲムシタビンのみの単体の投与に治療方針が変更になった。

その後、引き続きゲムシタビンは効力を発揮し、12月には11．5までＣＡ19－9を抑え込んでいた。ゲムシタビン単体だけの治療により、がんはうまい具合に休眠状態になり、ＱＯＬは向上し日常生活は楽しいものになった。「がんとの共存」が実現した。

ところが左に示されるように、年が明け、２０１７年1月になるとＣＡ19－9が13．4へと次第に上昇し出した。しかしまだ前月とさほどの差はなく、上昇再開と心配するほどでなく気にとめてなかった。

2月の25．0となると基準値の37以下ではあるが、伴先生も私も少し気になり出した。がんが休眠状態から、目覚めて動き出した怖れがある。この怖れがより明確になったのが、3月に46．5まで上昇したのを見たときである。この時点で明らかに、治療上何かする必要が生じてきた。

このＣＡ19－9の値は、一気に上昇を始めるらしい。私とほぼ同じ時期に膵臓がんが見つかり治療を始めている知人のＳ氏は、抗がん剤を投与すると白血球が減少するのでかなりの期間、アブラキサンもゲムシタビンも投与できない状態のままでいた。２０１６年11月までに、抗がん剤治療によりＣＡ19－9は35．6まで低下していたようだ。ところがその後、抗がん剤投与が不可能になったためにしばらく放置されてい

図4.1　CA19-9の推移　その2

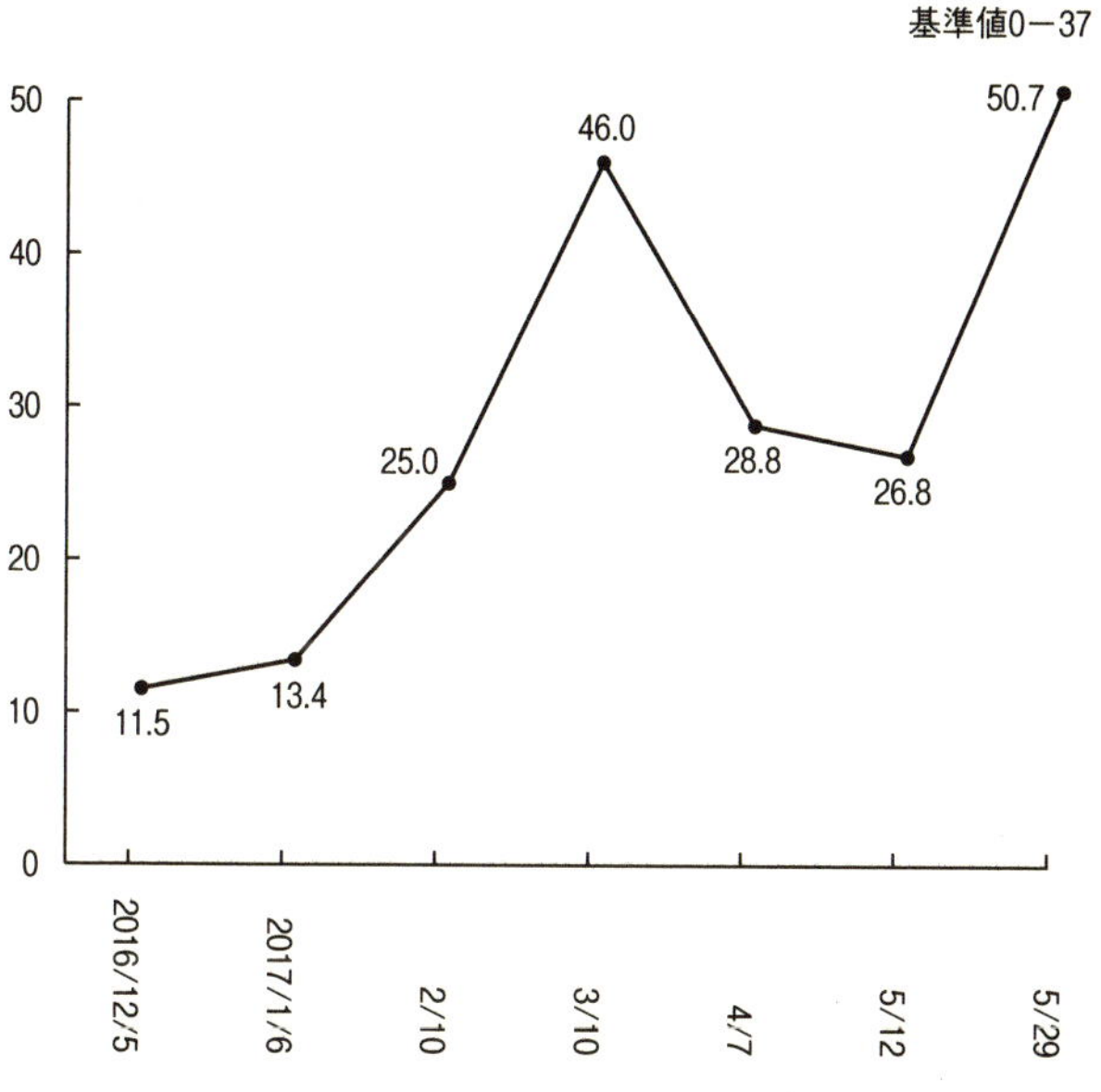

た。年が明け2月になると1079に、そして3月には予想だにしない7756にまで上昇してしまったとのこと。後ればせながら始めた経口抗がん剤のTS－1の効きめもまだ現れないらしい。

肺に転移しても膵臓がん

今回の検査により、膵臓がんの肺に転移している箇所が気になりだした。しかしこれは肺がんとは違い、医学的にはあくまで「肺に転移しても膵臓がん」というようだ。といわれても直腸がんが肺に転移して、最後は肺がんと同じ症状を起こし呼吸困難で20年前に死んだ友人Nのことがいつも頭を過っていた。肺に転移すれば、それは肺がんというのではないかと思っていたからだ。「膵臓がんの肺転移」と「肺がん」とどう異なるのか、治療は肺がんと同じになるのでないのか、疑問が湧いてくる。

この点、伴先生にも何度か確かめたし垣添先生にも尋ねたが、やはり基本的には両者は異なるようである。治療は膵臓がんに行う治療と同じで、肺がんのそれとは別だとのこと。ただし肺転移が増殖し肺のかなりの部分を占めてくると、症状的には肺がんと同じ症状になることもあり得るとの説明であった。つまり肺転移ががんがかなり進むと、呼吸困難になる可能性もあるようだ。

しかし現段階でまだ肺転移は心配するほどのものではないので、従来どおり膵臓がん治療のゲムシタビンを投与することになった。たしかにＣＡ19－９は若干上昇したし肺転移も少し拡大したがここでじたばたせずに、当初の予定通り3コース投与をする方針に変更はなかった。だが、従来より少しきめ細かく腫瘍マーカーなどにより、がんの状況をチェックする体制を取ることにした。

そのうえで、がんの活動が活発になってきたらアブラキサンの再投与もあり得べしとのこと。ただし前回のように、連続して投与するのでなく1、2回に投与してその効果を見ながら治療を続けようということになり、私も異存はなかった。他の選択肢として、ＴＳ－１という抗がん剤に切り替えることも可能であったが、私に効きめがあるのかは未知である。そこで、すでに私に非常に効くアブラキサンを切り札的に使用することになった。

第５章

果たして「がんとの共存」は可能か

――「青い鳥」を求めて――

1　「がんとの共存」の条件

理想的ながんとの共存とは何か

２０１６年6月に膵臓がんが見つかってから抗がん剤治療を始め、8、9ヵ月頃から、次第に自分の置かれた立場がわかってきた。それまでいわば、試行錯誤を経てきたといえる。具体的には、今後、がんとどう向き合うかが私にとって極めて重要になってきた。

立花隆氏はごく少数の例外を除いて、がんは未だ完全に完治できない病気だと考えている。手術でがんを摘出し5年間再発がない場合、一応がんが治ったように見えても、検査で検出できずにがんが見えなくなったというケースが大半だとしている。5年経過しても、いずれ再発の可能性は十分あるが、一応「がんが寛解した」と見做そうとしているだけだと結論づけている。事実、がんが寛解したとして快気祝いをした友人がしばらくして再発し、また入院加療していると知らされていたが、その後逝去された。立花氏は次のように説明し、がん患者の心得を説いている。

「そこから容易に導けることは、がんとあくまでとことん闘おうとしても、その闘いはほとんど徒労に終わることが予想されることです。がんという病気との正しい折り合いの付け方は、『あくまで闘う』ことにあるのでなくて、『がんと共生する』というか、『がんとほどほどの関係を保つ』ことにあるのではないかと僕は思っています」

私もまったく同感である。となると具体的に、がんとどう共存するかである。立花氏は続けてこう述べている。

「ほどほどの関係を保つとはどういうことかというと、がんを凶暴にさせないように気を使うが、さりとて、根治をめざし、がんをとことん叩きのめそうなどと思わないということです。がんを、症状がどんどん悪化する『進行がん』にしないように努めるが、一方根治をもとめず、せいぜい症状を悪化も改善もしない安定状況（腫瘍が大きくも小さくもならない『不変』状態）をもってよしとするということです」

（立花隆『がん　生と死の謎に挑む』20－21頁）

もうひとつ、別な専門家の見解も紹介しておこう。

「腫瘍には休眠状態というのがみられることもある。本来どんどん増殖、浸潤していくはずのガンでも、どういうわけか休止状態になって何年もおとなしくしている。「治る」ともいえず「治らない」ともいえないチュートハンパな現象である。ガンの自然消退や自然消滅というのは10万件に1件ぐらいしか起こらない奇跡の一種だが、休眠状態ならもっと頻度は高い。治りはしないが、どんどん進行して死んでしまうわけではないから、患者にすれば余命の期間をかなり稼げる」

（頼藤和寛『わたし、ガンです　ある精神科医の耐病記』１１２頁）

この安定した休眠状況に到達でき長く維持できれば、がんとの共存の理想だと思う。しかしこれはあくまで、私のような高齢者の、人生をある程度達観した人間の考え方であろう。というのもこの安定状況は、抗がん剤治療によって長くても数年間期待できる程度だと思われるからである。

おそらく40〜50歳台の働き盛りの世代の人たちには、受け入れられない考え方であろう。がんととことん闘い、根治を勝ち取りたいと考える人の方が多いだろう。世代間の人生観、価値観の違いとなって現れるはずである。この辺は、各人各様に自分で結論を出すしかあるまい。

抗がん剤の薬剤耐性

しかしながらがんと共存するためには、抗がん剤が最後まで有効に効いてくれなくては困る。抗がん剤の最大の欠陥は、最初よく効いたとしても使用するうちに、その効きめが次第に失われることである。これまでも抗生物質などを使用するほどその効果が薄れることをわれわれは経験している。抗がん剤もこれと同じで、薬剤耐性が生じるためである。

臓器にできる固形がんの場合、抗がん剤だけではその根治は難しいとされる。となると抗がん剤治療の狙いは延命ということになるが、その前に薬剤耐性の壁が立ちはだかることになる。どの程度、抗がん剤の効きめが持続するのかは、その種類や患者の個体差によるところが大きいと思われる。前述したように、福井先生の患者でジェムザール（ゲムシタビンのこと）だけで5年間頑張った膵臓がんの患者もいたと紹介されているが、これは必ずしも一般的ではあるまい。

かかる点、腫瘍内科の専門家は次のように指摘している。

「進行がん患者さんの場合、延命効果が期待できるのは、セカンドラインの抗がん剤くらいです。初回の抗がん剤の規定サイクルをひと通り終了（たいてい3～4週間ごとの抗がん剤4～6サイクルくらい行う）すると、その次の抗がん剤治療は『セカンドライン』となります。ほとんどの固形がんの場合、セカンドライン終了後、それ以上の抗がん剤治療には延命効果が証明されていません。抗がん剤の種類は現在では、１００種類以上あり、やろうと思えば抗がん剤治療を継続することができるのですが、問題は、次第にがん細胞が『耐性』を持ってしまうことです」

（勝俣範之『「抗がん剤は効かない」の罪』１４６頁）

つまり、抗がん剤を使えば使うほど抗がん剤に耐性があるがん細胞が増えてきてしまい、最後に抗がん剤が全く反応しなくなるようだ。抗がん剤が最初はよく効いても、次第に効かなくなってくるのは、耐性ができるためと考えられている。

「青い鳥」は存在するか

これまでの私の治療の経過からファーストラインは２０１７年の年初に終え、それ以降セカンドラインに入ったと思われる。先述のように、約８ヵ月間、本格的な抗がん剤治療を経験し、次第にわかってきたことがある。

それは、がんそのものではなく抗がん剤の副作用と私は必死に闘っているということである。先述したように、がんが見つかって以来、がん本体は私の身体に何の悪さもしていない。日夜苦しめられているのは、抗がん剤が投与されているためである。

がんとの対面は、ＣＴあるいはＭＲＩの画像を通して見るか、腫瘍マーカーの数値により間接的にその進行状況を知るのみである。がん本体は、目下、膵体部の中央で30㎜くらいの大きさで固まっているようだ。肺に転移した多発がんも蠢《うごめ》いているが、これは当面そんなに心配をする必要はないらしい。とすると、がん本体をこのまま増大させずに、安定した休眠状態に如何にできるかが、私の延命のカギを握っていることになる。

不幸にして私のような、抗がん剤治療以外に方法がなく、進行がんと向き合わねばならぬ患者の生き方は非常に難しいといわざるを得ない。どんなに頑張ってもがんを治す治療でないだけに、治療の目標が延命だといわれてもどれだけの期間、どの程度ＱＯＬを維持して元気で過ごせるのかわからないだけに不安が募る。

そこでこれまでも何度か触れたが、がんと仲よく共存する視点が重要となろう。この前提として、がんがある程度進行を止めおとなしくなり、悪さをしない状態に抗がん剤で持ち込めるかがカギとなりそうだ。繰り返しになるが、私は次の一文にこれからのがんと向き合う人生があると感じた。

「がんの『休眠療法』というのがある。がんを無理に小さくしようとするのでなく、がんがあっても止むを得ないから、がんを少しでも長期間にわたって大きくならないようにしようとする治療法だ。一人ひとりの患者に適した薬の選択と投与量を決めながら、治療を進めていく。がん細胞を眠らせておこうという着想のものといってよい」

（小林博『がんを「味方」にする生き方』99頁）

ただしがん細胞が眠っている状態が、ある程度良好なQＯＬを維持しながら実現しないと生きる価値がない。そのためには、がんを安定した状況にコントロールできて、副作用がマイルドでQＯＬを維持できるような抗がん剤ないしその治療方法を見つける必要がある。セカンドライン以降は、まさにこの「青い鳥」を追い求める旅になった。

抗がん剤の効きめ

抗がん剤が効くとか効かないとか、よく耳にする。一般に、抗がん剤治療の効果を判定する基準として、次ページに示されるような4段階の基準が設けられている。第1段階は、がんが完全に寛解する〈ＣＲ〉の場合である。通常、血液がんに起こり得

表5.1　抗がん剤の治療効果判定の基準

標的病変の判定基準	完全寛解（ＣＲ＝コンプリート・レスポンス） 腫瘍がすべて消失し、その状態が４週間以上続いている場合。この状態を長く続けることで治癒に結びつく。
	部分寛解（ＰＲ＝パーシャル・レスポンス） 腫瘍の縮小率が50％以上で、新しい病変の出現が４週間以上ない場合。完全に治ったわけではないが、薬がよく効いていて、ほとんどの症状は消失している。
	不変（ＳＤ＝ステイブル・ディジィーズ） 腫瘍の大きさがほとんど変わらない場合（正確には、50％以上小さくもならず、25％以上大きくもならない場合）。ガンは放置すればどんどん大きくなるので、大きさが変わらないのは、薬の効果があったことを意味している。
	進行（ＰＤ＝プログレッシブ・ディジィーズ） 腫瘍が25％以上大きくなった場合、もしくは別の場所に新たな腫瘍ができた場合。

（出所）がん研有明病院ホームページより抜粋

るが、しかし臓器の固形がんでは望むべくもないようだ。第２段階の部分寛解〈ＰＲ〉は、がんが半分以上縮小しそれが１ヵ月以上続く状況で、薬がよく効いていると判定される。

第３段階は、がんの進行に変化がなくおとなしくしている不変〈ＳＤ〉の状況である。放置しておくとがんは拡大するが、それを阻止しているだけ薬は効いていることになる。抗がん剤治療を続ける以上、最低限この程度の効果を発揮して欲しいものだ。最後の第４段階は、抗がん剤の効きめはなく、がんの進行が抑えられない進行〈ＰＤ〉の場合である。

このような基準に合わせると、私の膵臓がんの状況は次のようになろう。私の場合、抗がん剤治療を始めて２ヵ月半後、10月14日のＣＴ検査でわかったことだが、がん本体は大幅に縮小し抗がん剤がよく効いたことを示していた。その後、膵体部のがんは、約30㎜のまま固まっているようで、がん本体は第２段の部分寛解〈ＰＲ〉になったと判定されよう。

事実、先述の検査報告書では、[Impression]として

「膵体部癌、縮小しています。両肺転移、著変ありません。ＰＲです」

と記されている。

その後、3ヵ月ごとの2017年1月、そして5月のCT検査の結果を見ても、今日まで不変のまま続いている。これはがん本体が進行してないことを示し、いわば第3段階の不変〈SD〉を維持しているようだ。ところが年初以来、肺への多発転移がんは次第に動き出してきた。1月27日のCT検査の結果を見ると、[Impression]として「多発肺転移。軽度増大しています」となっていた。がん全体をどう評価するか、伴先生の見解を5月のCT検査まで待つことにした。

2 セカンドラインの治療

アブラキサンの再投与とその副作用

2017年3月10日（金）、治療の第2弾の第4コースとしてゲムシタビン単体の投与が始まる予定であった。ところが161頁の図4.1のように、CA19-9が46.

５と基準値37．０を超え出した。そこで伴先生と相談し活発化してきたがんを抑える狙いから、より強力なアブラキサンをゲムシタビンに加え、３回ほど再投与することになった。いわば治療の第３弾の始まりである。今後、アブラキサンを腫瘍マーカーが上昇したときに抑える切り札に使うことになった。

投与後すぐから、身体のだるさ、倦怠感が増してきた。ゲムシタビンのときもあったが、それが増幅された感じである。それに手足のしびれが一層激しくなり、絶えず気になってきた。

やはりアブラキサンの副作用は強いと改めて実感した次第だ。

それでも３月17日（金）の第２回目投与まではＱＯＬはさほど低下せず、日常生活に大きな支障は生じなかった。ところが３月24日（金）に第３回目に投与した後から、事態は明らかに変わってきた。アブラキサンの蓄積効果が出てきたようだ。

翌25日（土）に囲碁大会に出席した後、いつも感じられなかったほどの疲労感を覚え、帰宅後早めに就寝した。更に悪いことに、翌日真冬並みの寒さの中、前々からの約束を果たさねばならず半日ほど外出した。

疲労と寒さはてきめんで、帰宅後悪寒がして発熱、38．５度まで体温が上がっていた。夕食も取らず入浴もせずに、ベッドに倒れ込んだ。このとき前々からの抗がん剤の影響により、白血球が３１００まで減少していたので感染症の心配もしなければならなかった。それでも翌朝までに何とか平熱に戻り胸を撫で下ろした。

３回目の投与直後から、気にしていた頭髪の脱毛が始まった。囲碁の対局中に、碁盤の上の黒石に白髪が一本、乗っているので気がついた。頭に手をやり少し毛を引っ張るとごそっと抜け落ちてきた。これはショックであった。昨年の夏と同様に、それからは家中に散らばった白髪、衣服についた白髪の清掃との闘いになった。セロテープや粘着テープが、衣類に付着した白髪を取るのに非常に役立った。と同時に、髭が生えなくなり朝の髭剃りの手間が省けるようになった。嬉しいより、悲しい出来事である。

それから皮膚への色素沈着から、眼の周りが再びパンダのようになったし、頬のあたりがこれまた黒ずんできた。しばらく経って、手の爪も変色してきた。また顔全体に痒みが起こり、特に皮膚の弱い瞼の痒みがきつくなった。疲労感や倦怠感と並んで、身体上に現れるこのような変化に改めて強い抗がん剤の副作用の影響を感じざるを得なかった。

かくして３月最後の週末から予定していたエコノミスト村での数日間の滞在を断念せざるを得なかった。毎年のように行っていた、雪解けが進み春の息吹が一斉に感じられる山麓での生活ができなくなったのは、返す返すも残念であった。

新潟大学の若井俊文教授と会う

私は10年間ほど、新潟大学の経営協議会と学長選考会議の委員をやっている。そこで2ヵ月に1回は、新潟へ行く機会がある。3月中旬、新潟を訪問した折、高橋姿学長にお願いして第1外科の若井俊文教授と会う機会を作ってもらった。新潟大学付属病院でどんながんの治療をされているのか知りたかったし、同時に、若井先生は肝胆膵外科を専門とされているので私の膵臓がんの病状について聞きたいことがあった。またゲノム治療、医療のビックデータを用いてアメリカの医療機関と行っている共同研究のことも興味があった。

お話を伺う中で、私のがん罹患の経緯やその後の治療方法を説明したところ、大変によい治療を受けられていると評価してくださった。それを聞いて嬉しくなった。膵臓がんに関する私の疑問に答えていろいろご説明をいただいたが、特に次の4点が大いに参考になった。

（1）昨年6月に膵臓がんが見つかって以来9ヵ月間、私は抗がん剤の副作用に悩まされているが健常者並みに非常に元気なのは、がんができた場所と形状がよいからららしい。膵体部の中央にがんがあり、分枝型でないだけに周囲に拡がらずに固まっている。原発性でなく、嚢胞ががん化しただけに浸潤が少ない。

（2）肺に転移した膵臓がんは単独で拡大するなら、転移がんとして手術の対象になり得る。しかし多発性転移だと手術は無理で抗がん剤治療に頼るしかない。

（3）放射線治療は転移しているので、あまり有効でないだろう。

（4）CA19－9の動きを見て、アブラキサンに切り札としての役割を与えるのはよい。TS－1の使用も十分考慮に値する。

ゲノム治療も今後のがん治療として有力のようだがあくまで将来の課題で、私の治療には関係ないことのようだ。若井先生との会談は非常に実りあるものであり、満足して東京に戻った。

TS－1に切り替える

アブラキサンを追加して3回投与した後、1週間休薬して4月7日にCA19－9の値を見て、その後の治療方針を決めることになっていた。当日、血液検査の結果、1

６１頁の図４．１に示したように、ＣＡ19－９は28．８まで低下していた。アブラキサンの副作用に散々苦しめられていただけに、ある程度予想していたとはいえ正直いってこの抗がん剤が効いたことを知り嬉しくなった。

ひとつ重要なことは、アブラキサンがこれからもある程度切り札として使用できる目処がついたことだ。今後の治療として伴先生と次の二つの選択肢について話し合った。

（１）活発化しかかったがんの活動を叩いただけなので、引き続きアブラキサンをもう１コース投与し、この効きめを確実にする。

（２）アブラキサンの再投与によってＱＯＬがかなり低下したので、副作用のより少ない新しい抗がん剤、たとえばＴＳ－１に切り替える。

伴先生ははっきりとはおっしゃらなかったが、（１）の選択もあり得ると考えておられるようだった。この機会にがんの活動を積極的に縮小しておこうとされるのは、医師として当然の考え方であろう。だが、患者の私はアブラキサンが追加されてからの１ヵ月間の副作用にいささか参っていたこともあり、強く（２）を希望した。

ＴＳ－１が効けば、ＣＡ19－９の値を28．８より更に引き下げる可能性も十分あるわけだし、何より将来いずれかの時期にＴＳ－１を投与することになるだろうから、その効果をいまから確かめたいという気持ちになっていた。

と同時に、素人考えながらアブラキサンにも薬剤耐性があり、いずれ効きめがなくなる心配もある。そこでアブラキサンを切り札として使うなら、もっとがんの活動が活発化しより深刻な状況になったときであろうとも考えた。このようなことを伴先生と十分話し合い、結局ＴＳ－１に切り替えることにした。かくして私のがん治療の第4弾が始まったことになる。帰りに伴先生より、ＴＳ－１の服用にあたっての注意事項をまとめた小冊子（「ＴＳ－１膵臓」と「服薬日記」）をいただく。

ＴＳ－１は経口薬で１９９９年に発売されそれ以来、膵臓がんに広く用いられるようになった。このＴＳ－１については、長尾和宏医師が次のように説明している。

「ＴＳ－１とは、日本の製薬メーカーが開発した抗がん剤であり、現在、主に直腸・結腸がん、胃がん治療をおこなっている医師の八割以上がこの抗がん剤を用いている。今までの経口剤に比べ、抜群に奏効率が高いというデータもあるのだ。数年前までは消化器系の抗がん剤といえば、５－ＦＵであった。――この薬を進化させたのが、ＴＳ－１である。５－ＦＵより長時間体内に留まり、奏効率のデータもいい。副作用も５－ＦＵより大きく軽減された。私の患者さんを診ている限りもそれは実感できる」

（『抗がん剤10の「やめどき」』90頁）

また別な個所でＴＳ－１の副作用について、昔と比較して次のようにも語っている。

「今は、いかに奏効率を高めるかと同時に、いかに副作用を軽減するかに重点を置いて各メーカーも凌ぎを削っていますから。ＴＳ－１など、その代表格です」

（同上、94頁）

膵臓がん以外にも肺がん、頭頸部がん、乳がん、胆道がんなどにも効果を発揮しているようだ。ただ当初は、医療保険の対象にならずに非常に高価な薬であった。その後、保険の対象になったが、このことが頭にあったのでどのくらいの値段か心配であった。

東京医科歯科大学病院では院内処方がないので、帰途、行きつけの処方箋薬局に立ち寄り、28日分（1日朝夕2錠ずつ、合計112錠）のＴＳ－１を購入したところ、３割の本人負担で2万6760円（薬剤料本体は8万9210円）の支払いで済みほっとした。そしていずれその差額の一部は、その後の治療費如何によるが、高額療養費制度によって私にリファンドされることになる。あらためて、日本の医療保険制度の有難みを実感した。

TS－1とその副作用

4月8日から、TS－1の服用が始まった。この日は私の誕生日の前日であり、かつお釈迦さまの誕生日でもあるだけに、忘れられない。この抗がん剤の服用方法は、次の2通りあるとのこと。

（1）4週間投与して2週間休薬する。
（2）2週間連続して服用し、1週間休む。これを2回繰り返す。

どちらを選択するか1週間後の4月14日に血液検査をして、その結果を見て決めようということになった。経口薬であるだけに、点滴で投与するアブラキサン＋ゲムシタビンのときと比べ、実に楽になった。病院の正面玄関が開く朝7時頃までに行き、

8時からの再診手続きの順番を取り、すぐに3階の採血室に上がり、採血をしてもらう手間がなくなった。それから伴先生の診察、外来化学治療・注射センターでの点滴というプロセスを完全に回避することができた。

服用後、TS－1の副作用はやはり出てきた。そもそも新しい抗がん剤が体内に入るということだけで、なんとなく全身に違和感を覚えた。具体的には、

（1）アブラキサンの効果が残っているせいか、手足のしびれはかなり残っている。

（2）身体のだるさ・倦怠感がゲムシタビン単体のときより、きついと感じた。

（3）手の爪が黒ずんできた。

ところが4月14日の血液検査の結果、白血球6600、好中球56.1%でTS－1の骨髄抑制が全く出ていないことがわかり、一安心した。これを受けて、抗がん剤投与のやり方も、先述の（2）つまり2週間服用して1週間休薬、2回繰り返して、1コースとすることになった。4週間服用した後で、5月12日に3ヵ月ごとに定期的なCT検査をして、がんの状況を調べることになった。

TS－1による身体のだるさ、倦怠感、手足のしびれは、服用を始めて以来次第に強くなってきた。5月の連休明けまでこのままでは心配なので、4月21日（金）に伴

先生の診察を受診することにした。そこで副作用に効果があるといわれる漢方薬「補中益気湯《ほちゅうえっきとう》」を、毎日3回服用することにした。漢方薬など効きめがあるのかと疑心暗鬼であったが、気のせいか全身に活力が湧くようで、なんとなく効いているようであった。

最初の2週間TS－1を服用した後、22日から1週間は休薬の期間となり、副作用も改善されると期待したが、どうも甘かった。身体のだるさは、ゲムシタビン単体のときより増大した感じであった。

このように副作用による体調不良があったが、それでも4月28日から1週間ほど、信州にあるエコノミスト村に家内と二人で滞在した。北アルプスを臨む空気の澄んだ中で、桜や桃、つつじの花が満開で、まさに桃源郷であった。温泉にもゆっくり入り、抗がん剤の副作用も気にならず楽しい時間を過ごしてきた。

伴先生は私がTS－1の副作用で苦しんでいるのを知って、ある期間集中的に使用するより分散する方がいいと考えられたのであろう、5月1日より投薬日を月、水、金、日の週4回にするように改められた。1日おきになる代わりに、休薬の週は設けられていない。ただ、日曜、月曜だけは2日連続となることになった。その後の経過からみて、このやり方の方が身体の負担が少ないように思えた。

倦怠感はかなりあったが、５月11日（木）にかねての予定通りに、日帰りで往復４時間をかけ、新潟大学のある会議に出席してきた。やはり従来の日帰り旅行と比べ、疲労は大きかった。

今後の治療はＴＳ－１をこのまま１ヵ月くらい続け、その結果を見てアブラキサン＋ゲムシタビンを隔週で数回投与することも選択肢に入るとのこと。ただし問題はＴＳ－１を、私の身体が受け入れるかどうかであった。前日のＣＴ検査の折の造影剤の副作用と新潟の日帰り出張の影響であろう、疲労が身体からにじみ出てきた。そしてこれまでのＴＳ－１の蓄積効果もあり倦怠感が我慢の限度に近くなっていた。このことを訴えると、ＴＳ－１を25mgから20mgに減量しようということになった。

アブラキサンを中止した後、密かに頭髪の復活を期待したが、その後２ヵ月ほどしても、昨年暮れ頃の順調な回復ぶりと異なり期待を裏切られた。わずかに頭髪が増えただけで相変わらず、帽子の着用は欠かせないものであった。鏡に映る脱毛した頭を見るたびに、自分はがん患者なのだと否応なしに思い知らされた。更に今回、頭髪のみならず、体毛が７、８割抜け落ちた。衣服の陰で見えないとはいえ、いささか気が滅入った。

関原健夫さんご夫妻に会う

このような状況の下で、4月中頃、関原さんにお会いした。関原さんは、39歳のときにアメリカのニューヨークで勤務中に大腸がんが見つかり、その後、肝臓や肺への転移を繰り返したが、6回の手術を見事に乗り越え、仕事も両立され現在73歳。元気にご活躍中である。詳しくは、ご著書『がん6回、人生全快』で闘病の様子が克明に描かれている。がんを罹患した患者の間では、著名な方である。

私もがん患者となり、いつかお目にかかりお話を伺いたいと思っていた。日本対がん協会の理事をされておられると聞き、早速、垣添先生に紹介していただいた。奥様同伴で来てくださり、私の家内も交え4人で、如水会館で昼食をとった。初めてお目にかかったが、如何にもよき時代の興銀マンといった感じで、温厚なお人柄中に積極的に何にでも取り組まれる姿勢がはっきりと窺えた。これまで長年にわたり同じ悩みを持つがん患者の面倒をわが事のように見てこられたようである。

すでに書物を通じて、厳しい試練を経て現在に至っていることを知っていたが、直接にお話を伺うと改めて参考になることが多かった。自分の病状を把握し必要な情報を入手し、すべてに前向きに積極的に行動するといった点で、私と共通点が多々あるなと実感した。実りある昼のひとときであった。

その後のがんの進行状況――３回目のＣＴ検査の結果

これまでの治療方針に従い５月12日（金）に３ヵ月ごとのＣＴ検査をし、がんの進行状況を調べることになっていた。その前に、血液検査を済ませ伴先生の診察を受ける。白血球５０００、好中球44．１％と異常はなく、また腫瘍マーカーであるＣＡ19－９は26．８まで若干であれ、１ヵ月前の28．８と比べ減少していた。伴先生によると、これはアブラキサンの残存効果で、ＴＳ－１が本当に効いているかは、もっと投与しないとわからないとのことであった。その後、造影剤を入れてＣＴ検査が行われた。

その検査結果は、５月15日（月）に判明した。特に重要なのは、次の２点である。

（１）膵体部のがんは30㎜のまま変化なく、安定している。と同時に、膵尾部のがんは萎縮している。

（２）両肺にある多発転移は増大している。前回増大した13㎜の最大のものはそのままであるが、その他、新たながんの出現や一部のがんの増大が見られる。また両側葉間に少量の胸水が出現している。

伴先生の診断では、まあまあうまくがんをコントロールしており、肺の多発転移も急には悪さをしないだろうとのことで、肺転移の増大が気にはなったががん本体が安定しているので、ひとまず安心した。先の抗がん剤の効きめを判定するときに、がん本体も転移がんも併せて対象にするとのこと。私の膵臓がんの状況を伴先生は、ギリギリ第3段階のＳＤ（不変）だと判定された。

3 がん患者として1年！

抗がん剤治療と向き合って

２０１７年6月16日は、がんが発覚してから丁度1年になる。その日に家内がお赤飯を炊いてくれ、二人でお祝いをした。私のがんは、末期膵臓がんであり一般に余命数ヵ月といわれる類のがんであろう。しかしこれまで、がんが悪化して体調をこわし、入院して加療を受けるということは全くなかった。検査入院で３日間、最初2回の抗がん剤投与は、副作用の影響をチェックするために入院して実施するという病院側のルールに従い８日間、入院しただけである。それ以降、抗がん剤治療はすべて通院で受けている。

抗がん剤治療に大きな希望を持って始めたが、その後関連した書物などをいろいろ読むにつれ治療の目標は非常に限定されていることが理解できた。これから抗がん剤治療を始める人は、まずこのことを理解する必要があろう。つまりそれは「がんの根治」でなく、「患者の延命」を目標にしたものだということである。

最近の抗がん剤治療に関し、次のような一文に興味を覚えた。

「固形がんが進行すると、抗がん剤で根治するのは難しくなります。今日では進行がんに対しては、がんを叩くのでなく、患者さんの生活の質を維持することに主眼を置くようになってきています。細心の注意を払って、投与する抗がん剤の種類や量を調整し、生活の質を維持できれば、がんとの〝よりよい共存〟も可能です。とかく、がん治療において『治る』『治らない』といった二元論になりがちですが、第三の道としてがんと共存していくという考え方もあるのです」

（門田守人『がんとの賢いつきあい方』65頁）

ところが実際に抗がん剤治療を受けた私自身の経験からすると、そう簡単なことでないということがすぐにわかった。すべての人にこの治療が可能だとは、到底いえないように思う。抗がん剤治療を受けるためには、いくつかの条件がある。

まず第1に、治療を始めて以降、如何に体力、気力を維持できるかがカギとなる。何分にも、これまで述べたように抗がん剤の副作用は厳しいものがある。脱毛、皮膚の変色などは外形上見てくれが悪くなるだけで、そんなに実害はない。ところが身体に起こるだるさ・倦怠感、湿疹、味覚障害、食欲不振などは身体にダメージを与え、ＱＯＬを著しく低下させる。休薬期間でもこの状況にさしたる改善は見られない。

私のように抗がん剤治療以外に選択肢がない患者にとって、抗がん剤の投与は死ぬまで続くわけである。鬱病になるがん患者も多いようだが、このような状況を考えると、十分に理解できる。この憂鬱な環境を跳ね除けるためには、日頃から鍛えてある体力と、そして強い精神力で裏打ちされた気力をどう持続させるかが最重要な要件となる。

第2に、抗がん剤は毒性を持つ。がん細胞をやっつけるために身体に投与されるが、同時に正常な細胞にもダメージを与える。私は抗がん剤の点滴を受けるたびに、こんなに強い薬が自分の身体に入ってきて本当に大丈夫だろうかといつも心配している。当然のこと、他の臓器にも影響を与えるわけである。特に腎臓と肝臓の機能が十分かどうか、血液検査でいつもチェックする必要があるわけである。腎臓が悪くなり、抗がん剤の投与ができなくなった患者の話をよく聞いた。

第3に、骨髄抑制による白血球、赤血球の減少は免れられない。毎回抗がん剤を投与するのに先立ち、主治医は必ず白血球、赤血球の状況をチェックする。この数値がある水準を維持しないと、その日の抗がん剤投与は延期となる。私の周辺には、白血球の減少が続き、何度も抗がん剤投与ができなかった知人が何人もいる。週1回の投与だから、次回までに減少した白血球がどの程度回復し得るかが、抗がん剤治療のカギとなる。

幸いなことに、私は以上3つの条件をすべてクリアしていた。しかし問題は、いつまで、このような好条件が持続できるかである。

夫婦で明るく楽しい生活を

がんが発覚してから1年間、以前と変わりなく毎日の生活を明るく、楽しく送っている。膵臓がん＝死を意識する人は多いようで私の病状をおずおず尋ねる人も多い。私はいつも極めてフランクに、快癒は不可能でいずれ死が訪れることを説明し、抗がん剤治療の苦しさなどを笑いながらしゃべっている。家内もいつも明るくふるまっているので、われわれの周囲にはいつも笑いが絶えず暗さは全くない。

明るく楽しく毎日が送れるのは、自宅での書斎生活が充実しているからであろう。通常、午前中は書斎に籠り執筆や読書に精を出している。書くことは子どもの頃より大好きである。前述のようにまだ月に数本、新聞や雑誌のコラムに寄稿しているし、何よりもこの闘病記である本書の執筆を人生最後の仕事として楽しんでいる。時間もたっぷりあるので、これまで購入したのに、忙しくて読めなかった書物に目を通すのも日課である。そして昼食後に、30～40分、午睡を楽しむことにしている。

週のうち、5、6度は外出する。年をとるとボケ防止に、「キョウヨウとキョウイク」（今日やる用事があり、今日行く仕事の意）が重要とよくいわれるが、文字通りにそれを実践しているのだ。夜の外出は原則控えており、用事はもっぱら日中に済ませ、それもひとつ、多くても二つに限定している。まだ奨学財団などでの公務も若干残っているし、囲碁を打ちに出かける機会も多い。

更に、がんが見つかった後でも毎月少なくとも1回は、旅行に出かけている。平均して2ヵ月に1回は新潟大学への主張があるし、信州のエコノミスト村にもよく行く。流石にスキーはできなくなったが、昔の仲間と一泊の温泉旅行などを楽しんでいる。

私は元来、アウトドア派である。残念ながら、1年間の抗がん剤治療のため体力はめっきり落ちたと思う。強い抗がん剤の作用によって、身体が蝕まれた感じがする。おそらく元の身体には戻れないだろう。1年前に64歳であった体内年齢も、3～4歳ほど増えてきた。スポーツジムにも週1回のノルマを課し、マシンを使っての筋トレや水中ウォークへ通っていたが、正直だんだんしんどくなってきた。

6月に年会費を収める時期になり、丁度いい機会なので、約40年間通っていたジムを退会した。それでも自宅にあるマシンを使用しての毎朝の筋トレ、そして1日中在宅している日にはウォーキングをすることで、ある程度体力を維持できると考えている。

といったわけで、がんの発覚後は朝から晩までは外出しないので、毎日の生活は自宅が中心になってきた。これにより自宅にあって夫婦で共有する時間が、従来より増えてきた。夕食は大半を自宅で済ませるし、外で昼食をするときは夫婦二人で友人や教え子たちととることが多い。その一方で、自宅の食事も増えたので、毎食、家内は私の体重減少を阻止しようと、献立に頭を絞っている。

また外出も旅行も、一部の公務を除いて夫婦でよく一緒に出かける。このような結果、夫婦の絆は必然的に強まったといえよう。教え子には、がんの闘病などとても独りでできるものでなく、家内の助けなしでは不可能であるとよくいっている。若い頃から夫婦仲よく過ごし、配偶者のどちらかが闘病生活を余儀なくされても、十分に支え合えるようにしておけと機会ごとに忠告している。

毎日を充実して楽しく送れば、がんに罹患しても死を深刻に考えることはあまりないものである。年寄りなので、夜もしばしば目が覚める。闇の中でも、死について考えるより、頭の中で執筆中の文章を練ったり、あるいは次に読む本をどれにしようかと思案している。死に思いが至らないのは、すべての人に早い遅いはあるもののいずれ訪れるものだと割り切っているせいだろう。

しかしこのように充実した毎日を明るく送るためには、ＱＯＬをある程度良好に維持せねばならない。抗がん剤の副作用が強く、身体のだるさ・倦怠感が増大したり、手足のしびれなどが強くなり、ＱＯＬが低下すると途端にマイナス思考になる。事態をどんどん深刻に考えやすくなり、気分的にすっかり落ち込むことになる。そこで私は、がん治療とうまく向き合うために、QOLの状態に最大の関心を払っている。

日本経済新聞への寄稿とその反響

5月中旬から、日経新聞の健康医療コラム「向き合う」に寄稿することになった。毎週1回の4週間掲載で、①膵臓がん　晴天のへきれき（5月15日）、②末期がんを受け入れたわけ（5月22日）、③抗がん剤治療の試練（5月29日）、④医療体制は崩壊しないか（6月19日）のテーマで執筆した。

新聞の反響は、大きいものがあった。海外に住む友人をふくめ、多くの知人、友人から激励や見舞いのメールや手紙をいただいた。そのうちからいくつか紹介しておこう。

海外の大学で教鞭をとっている長年の友人H氏から、心温まるメールがきた。〈15～22日の記事拝見、びっくりしました。なんと申し上げてよいかわかりません。いつものように、落ち着いた人生観を持って生きておられること、さすが石ご夫妻と感服するのみです〉

長年のスキー仲間のM氏からも連絡をいただいた。

〈私の人生最後のドラマで始まる記事で、がんの発見、対処の心構えなど一字一句丁寧に拝読しました。自分だったら先生のような心境で対応できるだろうかと思いました。妻も取り乱すことだろうと思いました。人生の生き方を教えていただいているようです〉

また教え子のWさんからも手紙が来た。

〈紙面を通じて皆に勇気をくださり、とても前向きな気持ちにさせていただきました〉

長年、学会を通じて知り合ったS氏からも見舞状をいただいた。

〈日経紙所収、膵臓がん闘病記を拝読、明るく強靭に戦っておられる様子に感銘を深くしました。是非お手本になって欲しい〉

これら以外にも多くの方々から見舞や激励をいただいたが、それらに目を通すたびに元気をもらった。そしてこれからも頑張らねばという気になった。

4　「天寿がん」を願って

私にとっての「天寿がん」とは

「天寿がん」というがんが存在する。これは高齢者がある年齢までたどりつき、人生を全うし老衰など死を迎えたあと、解剖したら前立腺がんなどが見つかったといわれる現象である。つまりがんが生前に何の悪さもせずに天寿を全うしたことになり、これぞまさに天寿がんという名称にふさわしい。

私の場合、天寿がんを切望しても、そもそもがんの存在を知ってそれと向き合っている以上、通常の意味での天寿がんを望むべくもない。しかしながら、がんと仲よく付き合いながら、自分が天寿に近づくことは努力次第で、ある程度可能かもしれない。このためにはがんの病状を現在以上に、進行させない治療が施されなくてはならない。つまりこのようにするためには、がんを一定の安定した休眠状態にできるか否かがカギとなろう。このためには副作用が少なく、がんを休眠状態に維持できる抗がん剤と巡り合わねばならない。この「青い鳥」はまだ見つからない。ゲムシタビンだけでは私のがんを抑えきれない。福井先生がお話していたように、ジェムザール（ゲムシタビンのこと）だけで5年間頑張ったという膵臓がん患者のようにはいかないようだ。

またTS－1も私には副作用が強く、これまでの結果を見る限り、がんを抑えきれるとも思えない。

現代医学において、がんが治るということはない。しかしながら、専門家の見解によると次のような状態にはできるようである。

「そのそも『治る』というのは、どういうことでしょうか？　病気が体から完全になくなる、すなわち、がん細胞がひとつ残らず、体から根絶される状態のことであれば、たしかに、進行がんは『治らない』ということになります。でも、体のなかにがんがあっても、それと共存しながら天寿を全うした場合、それは『治る』のとあまり違わないような気もします」

（高野利実『がんとともに、自分らしく生きる』73頁）

天寿と一言でいっても、人それぞれであろう。

目下のところ具体的にいつだかわからない。これから全力を挙げ、がんと向き合い、納得のいく人生で終わりを迎えるならそれが私にとって天寿であり、がんも一緒なので、「天寿がん」ということになろう。

アブラキサンの再々投与

ＴＳ－１の副作用が強いので1週間休薬した後、5月29日（月）に採血を済ませ伴先生の診察室に伺った。入室すると、先生はパソコンの画面を見て渋い顔をされている。これは何か悪い結果が出ているなと直感した。案の定、血液検査のＣＡ19－９の結果は悪く、50．7に跳ね上がっていた。5月12日に26．8に下がって喜んでいたのに、ごく短期間に大幅に上昇したことになる。

ＴＳ－１を1ヵ月半服用していたのに、効きめがなかったということだ。しかし伴先生によると、このくらいの数値ではそんなに気にすることはないとこと。そこで急遽、予定を変更して更に1週間休薬してから、アブラキサン＋ゲムシタビンを再々投与することになった。ただしこれまでのように、３週間連続でなく隔週に6回投与することになった。月に2回の投与なので、夏まで3ヵ月はかかることになりそうだ。若干の回復途上にあった頭髪が、これでまた壊滅状況になりそうだ。鏡で頭髪がほとんどなくなった自分の顔を見るたびに、気分が落ち込むことは避けられない。

6月5日（月）から投与が開始されることになったので、その頃予定していた例年の囲碁の会津合宿を断念せざるを得なくなった。

あの春蟬の鳴き声が周りに響き渡り、目にも鮮やかになった青葉で彩られた会津高原に思いを馳せ、涙を呑んだ。ただしこの投薬前に、昔の山仲間と恒例の1泊旅行を塩原温泉で楽しんできた。久しぶりに夫婦連れで気の置けない仲間との一夜は、笑いの連続で免疫力も大いに高まったはずである。

アブラキサンの投与後、3日ほど経ち猛烈な手足のしびれとなって現れてきた。特に脚のしびれはひどく、歩行にも影響が出るほどだった。足裏にセロハンを張って歩くような感触になった。同時に、今回は筋肉痛も生じてきた。もちろん、だるさもあるが下半身に集中しており、身体全体としてはその影響は重大でないので前回ほどのQOLの低下はなさそうであった。特に1週間の休薬が設けられたことは、気分的にも楽になっていた。ただし終始、便秘に悩まされている。

そのうち、胸痛が発生してきた。肺への転移がんが悪さをし出したかと心配したが、伴先生からその影響から胸に痛みが出ることはないと聞き一安心した。数日間で胸痛はなくなったが、どうも筋肉痛の現われのようであった。

6月30日（金）に、アブラキサン＋ゲムシタビンを再々投与してから3回目の投薬を受けに病院に出掛けた。投薬前の血液検査の結果、CA19－9の値は43．1に低下していた。1ヵ月前には50．7であったから、たった2回であったがアブラキサンの投与は、かなり効いたということである。

伴先生も私もほっとし、前途に光明が見えた気がした。その日を入れて、これからまだ4回残っているのだから腫瘍マーカーの減少はもっと生じるはずである。

今回のアブラキサン＋ゲムシタビンの隔週投与で、うまくがんの進行が抑えられれば副作用は耐えられる程度なので歓迎である。これが求めている「青い鳥」であれば、嬉しいのだが。

高齢がん患者の他の病気

年齢を重ねがんを患っている多くの者は、がん以外の病気にも悩まされている。最も一般的なのは、高血圧や高コレステロール、それに糖尿病、不整脈、心筋梗塞などの生活習慣病であろう。外形的には膝、腰、首などに痛みを抱え整形外科のお世話になっている人も多い。おそらく老人になるとかかりやすい病を治療中に、新たにがんが見つかり病名に追加された人も多いはずである。

私も例外ではない。老年病内科の沼野先生に高血圧や高コレステロールの治療薬、不整脈センターの平尾先生に不整脈の治療薬を貰いに、数ヵ月ごとに東京医科歯科大学病院へ通っているうちに、膵臓がんが見つかったのだ。これ以外にも、私には40歳頃から腰痛に悩まされている。この原因は明らかで若い頃、登山に際し40kgにも及ぶ重荷を担いで登った腰への負担が、年齢と共に腰椎分離・滑り症となり、慢性的な痛みとなって現れてきた。

この腰痛に対し、朝起床したら始める腰痛体操とステップマシンによる運動、ジムでの筋トレや水泳、近所でのウォーキングなどで、腹筋や背筋を強化し、手術もしないでがんの発覚まで共存してきた。スキーの際も、腰にベルトを巻きカイロを入れ温めて滑るという涙ぐましい努力を数十年続けてきたのだ。がんが見つかった後も、腰痛はしばしば発生した。そのたびごとに、膵臓がんによる痛みではと心配してきた。事実、伴先生も痛み止めの薬を出してくれていた。

この腰痛に関しては、長年、大川先生の定期的な診断を受け、悪化しないようにと務めてきた。がんが発覚して1年近くなった5月の連休明けに、MRI検査をして腰椎を詳しくチェックしていただいた。その結果、骨にがんの転移はなく腰椎の変形から診て腰痛はやはり腰椎分離・滑り症が原因だと診断をいただいた。これを聞いてほっとした。骨転移でもあったら、大変なことになるからだ。

腰椎の状況は、膵臓がんの進行と関係ないとしても加齢現象として確実に変化してきた。

1年ほど前より、腰椎の変形から脊柱管狭窄症となり、それにより脚に間欠性跛行が発生してきた。20～30分歩くと右足に痛みが生じ、歩行が困難になるという症状である。このために飲み薬を服用して、何とかしのいでいる。

がん発覚後、1年くらい経った頃、今度は右膝に痛みが出てきた。30年ほど前に下山中に切株に足を取られ転倒、右足の内側のじん帯を伸ばしたことにより、時折痛みが生じていた。大川先生の診断ではその古傷も一部あるが、痛みの主因は80歳にもなれば起こる膝関節の変形だろうとのことであった。がん治療の合間に、腰痛そして新たに膝痛も加わるという典型的な高齢者の病気持ちとなった。

Ｘ－ｄａｙを見据えて

仮に私のがん治療に適合する抗がん剤が見つかっても、いずれ薬剤耐性から効きめを失うことだろう。この時期が、数ヵ月先か1年先か、あるいはもっと先になるのか現時点ではわからない。いずれにしろ、将来、抗がん剤治療に終わりが来ることは確実である。しかし、抗がん剤投与が中止になったとしても、すぐに人生終わりというわけではあるまい。

できるだけ自力で生活ができるうちは自宅で過ごし、どうしてもそれが無理になったら自宅を出てどこかで終末期ケアを受けるつもりでいる。いわばこのX－dayを見据えて、どこでそれを受けるかを家内とよく話し合っている。一般的には次の3つの選択肢があり得る。

①自宅
②ホスピス
③病院

先述の「対談」で垣添先生は自宅で在宅死を選びたいといっておられた。多くの人たちがこれを望んでいるようである。しかしながらこれに関し、山崎章郎医師は次の4条件が整わねば無理であると指摘している（『僕のホスピス1200日』124頁）。

（1）介護力があること。
（2）患者さんが療養する場が自宅にあること。
（3）定期的に往診してくれる医師がいること。

（４）がんによる痛みや呼吸困難などの症状が、自宅で過ごせるくらいに軽減されて
　いること。

もっともな指摘である。私は仮にこの４条件を満たし得ても、自宅で死を迎える気はない。私の祖父母はいずれも自宅で息を引き取り、孫である私はそれにより人間の死を幼い頃に身近に体験したことがある。だが自宅はあくまで生を営む場所であり、死を持ち込むのは避けるべきだと考えている。まして孫との別れを自宅で告げたくはない。

また私は、ホスピスにも行く気がない。入院患者が静かに死を待つだけという空間に、自分を置く気にはなれない。再起を期し病気と必死に闘っている人、病状を確かめるために検査を受けている人、回復が目前で社会復帰に胸を躍らせている人など、毎日動きがあり活気がみなぎる病院で、終末期の緩和ケアを受けたいと思う。具体的には、東京医科歯科大学病院に２０１７年４月に新設された緩和ケア病棟が念頭にある。

巻末補論

「高齢者とがん」——垣添忠生氏との対談

垣添忠生（かきぞえただお）

1941年大阪府生まれ。国立がんセンター名誉総長。国立がんセンター病院手術部長、院長、総長などを歴任。現在、日本対がん協会会長。専門は泌尿器科学など。『巡礼日記 亡き妻と歩いた600キロ』（中央公論新社）など著書多数。

末期の膵臓がんと宣告されて

石　2011年夏、人間ドックを受けて膵臓に嚢胞《のうほう》があることがわかりました。嚢胞はほとんどが良性ですが、一部でがん化するということを聞き、毎年、造影剤を使ったMRI（磁気共鳴画像）検査を受けることにしました。ずっと問題がなかったのですが、2016年6月に検査を受けたら、膵臓がんの疑いがあると伝えられました。翌月、入院して精密検査を受けたところ、約4センチのがんが見つかり、既にリンパ節に転移していました。肺への転移の可能性も高いそうです。がんのステージ（進行度）は、程度の軽い順から0～4期の5段階にわけられますが、僕の場合は4期で、しかも、最も重症な4b期でした。まさに末期の膵臓がんです。一年前の検査では正常だったのに、ほんの数ヵ月の間に、これほど進行してしまったのです。

垣添　膵臓がんは早期発見が難しく、治療も難しい、難治がん中の難治がんです。他のがんに比べて、がんの増殖が早く、非常に「たちの悪いがん」なのです。胃のあたりや背中が重苦しいなどの症状を訴える人もいますが、症状がない人も多い。早期に発見するための検査も確立しておらず、見つかったときには既に末期、ということが多くあります。国立がんセンターの集計では、膵臓がんの発見時、約43％が4期だったといいます。ステージが進むとがんを手術で取り除くことができず、抗がん剤治療となります。がんの中で4番目に亡くなる人数が多いがんで、毎年、3万2000人以上の命を奪っています。

石　これだけ注意深くチェックしてきたのに、なぜ、との思いはありました。しかし、僕も妻も、冷静に現実を受け止めることができました。それはなぜかと考えてみると、「もはや働き盛りの現役世代ではない」ということに尽きます。膵臓がんが見つかったのは、79歳2ヵ月のときです。日本人男性の平均寿命に近づき、人生の終盤を迎え、これまでやるべきことをやったという満足感があります。日本の税制・財政政策にかかわり、自分の専門知識を政策立案の現場に生かすことができた満足感が、厳しい現実を受け入れさせたのではないでしょうか。

垣添　私は２００７年末に妻を亡くしました。肺に、たった４㎜のがんが見つかったのですが、それを治すことができませんでした。膵臓がんと並んで難治がんの一つとされる、肺の小細胞がんでした。妻は自分の死期を悟り、「家で死にたい」と強く希望しました。準備を整え、連れ帰り、妻は笑顔を見せるようになりました。しかし、徐々に意識を失い、最期に「ありがとう」といって亡くなっていきました。78歳でした。
妻にはいろいろ我慢させたこともあり、ちょっと心残りはあります。しかし、生前、一緒に中禅寺湖でカヌーをするなど、充実した日々を過ごすことができました。亡くなったのは残念ですが、思い残すことはないのかな、とも思います。

恐れない　自然に任せる

——現在はどのような治療を受けていますか。

石　アブラキサンとゲムシタビンという二種類の抗がん剤を投与する標準的な治療

を受けることになりました。週一回の投与を三週間続けて一週間休む、という治療が始まりました。髪の毛が抜け、湿疹がひどく、皮膚が黒ずむなどの副作用が現れましたが、次第に落ち着きました。吐き気止め薬の効果があったのか、吐き気もありません。

そして、何よりも、抗がん剤の効果があったことが嬉しいです。最大4.7cmあった膵臓がんが3cmに小さくなり、リンパ節への転移も画像上、見えなくなりました。現在は、ゲムシタビンだけの治療を受けていますが、良好な状態が続いています。

気力も体力も充実しています。国立がんセンターなどによる調査では、膵臓がん4期の5年生存率が1.6%、10年生存率が0.9%ですが、それは、単なる「平均値」。平均から乖離《かいり》した数多くの「異常値」があるはずです。1、2年で亡くなってしまう人もいれば、9、10年と長生きする人もいます。平均より長く生存する人を目標に、がんと共存すればいいのです。

抗がん剤による治療は、ある意味、「戦い」だと思いました。副作用に耐えるには、体力が必要です。毎朝30分から1時間、筋トレやステップマシンなどをやっています。体力には自信があります。スキーが大好きで毎冬スキー場に行っていたのですが、薬の副作用で顔が黒ずんでも、周囲からは「スキー焼けか？」といわれるほど（笑）。食欲も旺盛です。何でも食べられます。治療を始めた当初は、抗がん剤の副作用で味が感じられず、まさに、砂を嚙むような食事で、とても辛かったです。しかし、その後は慣れてきて、味が感じられるようになりました。抗がん剤を入れたときには、体重が一晩で１・５㎏くらい減るんです。それに備えて寝るまでに１㎏ほど増やしておくんです。家内の食事をしっかり三度食べるんですよ。

垣添　これほどお元気な末期膵臓がん患者を見たことがありません。奇跡的です。それほどしっかり、食事をとれるのは素晴らしい。やはり、食事を食べられなくなったら寿命だと思うのです。石さんの声の張りや大きさ、表情の豊かさに接し、難病を抱えながら、このような人生を送られていることに驚きを感じますね。

――石さんはどうしてそんなに前向きになれるのでしょうか。

石　元来、楽観的な人間なのです。何も恐れることはない。自然に任せていくという感じでしょうか。好奇心は失っていません。部屋に閉じこもって、くよくよ考えることはなく、毎日、外に出かけます。うちの女房もカラッとしていますから、二人で「あと、どのくらい持つかな」「こんなことをしてみよう」などと平気で話し合っています。

垣添　このように達観できる人はあまりおりません。私は、日本対がん協会会長をしているのですが、月に一度、がん患者・家族の相談を受けています。一般的に、がんの告知を受けますと、その衝撃から頭が真っ白になるといいます。日本国民の三人に一人はがんで亡くなるといわれ、がんは身近な病気となってきたのですが、やはり、その衝撃は大きいようです。医師から説明を聞いても、一切、頭に入らないそうです。

一晩明けると、「昨日の告知はウソだったのではないだろうか」「夢を見ていたのではないだろうか」などと考えるようになります。事実の拒絶と受け入れを何度も繰り返し、およそ三週間経って、「まあ、仕方がないな」と受け入れます。その後、車のギアを切り替えるようにして、「今後、自分はどのように生きるべきか」「家族には、どのように対応すればよいのか」などと考え、ある意味、「生き直し」が始まります。

がん患者のおよそ二割は非常にうつ傾向が強くなるといわれます。うつ状態になれば、長生きできる人も、その前に生きる気力を失ってしまいます。だから、気持ちは明るく前向きで、あまり、病気のことを苦にしない生き方はすごく大事です。免疫力も落ちないと思いますから。

石　僕は、膵臓がんが見つかる6年前、前立腺がんが見つかりましたが、両方とも、冷静に受け止めることができました。比較的穏やかながんである前立腺がんは根治が予想され、実際、前立腺の全摘手術で根治できました。今回の膵臓がんは末期で悪性度が高く、状況はもっと深刻なのに、心境になんの変わりもなく、家内も平然としていました。

――不安になりませんか。

石　余命は知らない方がいいと思います。仮に余命がわかるとしても、それを知っても何のプラスにもならないと思うのです。僕の場合、僕自身も知りたくないし、主治医も触れませんでした。末期なので、主治医も気にしたのでしょうか。自分の寿命については、なるようにしかならない、やるだけのことをやって駄目なときは駄目だという感じです。

これまでは5年、10年くらい先を考えて生きてきましたが、末期がんとなったいま、1、2年程度、あるいは数ヵ月になっただけ、という受け止め方です。寂しいことですが、1年先の約束は、やはり、躊躇《ちゅうちょ》せざるを得なくなりました。

ただ、一日一日の重みは増した感じがします。

自宅で死ぬために筋トレ

垣添　私は古巣の国立がんセンターの予防検診センターで定期的に、男性がなりやすい肺がん、胃がん、大腸がん、前立腺がんの検査を受けていますので、もし、私ががんで死ぬ場合は、珍しいがんが原因だと思います。ちなみに私は、国立がんセンターがオープンして一年たったときに「体験受検」したら腎臓がんが見つかりました。早期がんでしたので、腎臓の四分の一くらいを切るだけで根治しました。このように比較的ありふれたがんなら、早期で見つかると思うのです。

もし、やっかいながんが見つかったなら、国立がんセンター名誉総長という立場もありますし、まずはしっかりと治療を受けようと思います。しかし、治療が難しいとなったら、すべての治療を断り、自宅で亡くなりたいと思っています。口から食べられなくなっても、経管栄養や胃ろうなどはしません。水分だけを補ってもらう。たぶん、10日から2週間すると枯れ木が倒れるように死んでいく。それが私の本望です。

石　同感です。生かされるだけなんて、まっぴらごめんです。僕の死生観に大きな影響を与えたのは、1996年に訪問したミャンマーでの体験です。ミャンマーは仏教国ですが、墓地が見当たらない。聞いてみると、死後は一般に、遺灰を野山にまく散骨が行われるそうです。「自然に還れ」ということでしょうか。

僕は葬送のやり方について遺言を書いてあります。麗々しく香典をもらって葬式を行うのは嫌なんです。僕が何もいっておかないと、大学や教え子が集まり、派手なお別れ会を開かれる可能性があります。仕事柄、知人や友人、教え子らによるお別れ会は開かないといけないかな、と思いますが、他人に負担をかけず、地味にやってもらいたいと念じているんです。

垣添　インド巡礼の記録などを見ますと、遺体を石の上に置いておくとコンドルが来て、きれいに骨だけにしてくれますね。鳥葬です。そこまではないけれど、私が死んだら、妻の骨とともに散骨してほしい。妻とよくカヌーをした奥日光の湖に。法律的に問題ないか、調べておかないといけませんね。

――死に場所はどこがいいと思っていますか。

垣添　私は絶対、家で死にたいです。日本人の8割近くが自宅でなく、医療機関で亡くなっているといいます。死期を悟った女房を自宅に連れて帰り、死の間際、妻から「ありがとう」といわれた経験から、家で死にたいと思っています。女房が亡くなって丸9年になり、今は、完全な高齢単独所帯で生きています。本当に体調が悪くなってきたら、訪問診療してくれる医師も探したいと思います。それまでは元気でいなくてはなりません。家で死ぬためには、寝たきりなどになってはいけない。朝、1時間早く起きて、腕立て伏せや腹筋、ストレッチなど行っています。

石　家で死のうと思うと、家族、特に女房に迷惑をかけてしまうのではないか、という心配があります。訪問介護や訪問診療の医師に自宅に来てもらい、迷惑がかからないなら、家で死ぬのもいいけれど。僕は今のところ、自宅で死にたい、などと固執することはありません。あと、僕は見舞うのも、見舞われるのも嫌いなんですよ。「頑張ってください」っていわれても、何を頑張るんだよ、と思っちゃう（笑）。本当に心配してくれる女房と身内だけで十分です。

高齢者のがん治療とは……

――高齢化が進み、高齢のがん患者が急増します。

垣添　医療の進歩で、新しいがん治療薬が続々と登場しています。最近、大きな話題になったのは、「オプジーボ」という新薬です。これは、免疫に働きかける新タイプのがん治療薬です。当初、想定患者が500人ほどと少ない皮膚がんの一種、メラノーマの薬として承認されましたが、その後、非小細胞肺がんに対象が広がりました。患者一人当たり年間3500万円もかかり、その大半が保険料や税金で賄われています。海外価格に比べて高過ぎるとの批判があり、今年2月から薬価が半分になりました。それでも依然として極めて高い薬です。この薬の治療対象となるがんは今後、増えていきます。この薬の効果がある人は大体2割ほどとされますが、今のところ、有効な患者を絞り込む手段がありません。世界中で必死になって探していますが、現在は、効くか効かないかわからないけど、使ってみるしかないのです。同じように免疫に働きかける別の薬も登場し、更に新しいタイプの新薬も登場するでしょう。このような状況が続くと、世界でも評価が高いわが国の国民皆保険制度は持たないと思います。とりわけ、寿命が近い高齢者ががんになった場合、このような高額薬を使うべきか、議論があると思います。

石　がんは明らかに高齢になると発生頻度が高くなります。日本は世界で最も高齢化が進み、全人口に占める65歳以上の割合（高齢化率）は2015年、26.

7%に達しました。ほぼ4人に1人が高齢者です。国立社会保障・人口問題研究所の推計では、2035年には33.4%、2060年には39.9%に上昇するとされます。
日本の医療制度は1960年代初めに、人口が高齢化していない、がん患者も少ない時代に作られました。今は、がん患者が増え、高額な薬・医療機器が登場し、国民医療費は年間40兆円を超えてしまいました。一方で、経済の発展は停滞し、税収は増えません。このままでは、現在の医療制度は持たないと思います。

垣添　高額な薬については、費用対効果を踏まえて承認するか、承認しないか、検討する国も出てきました。イギリスでは、従来の薬に対して新薬は、どのくらいの延命効果があるのか、そのための費用はどのくらいかかるのか、などを検討して、費用対効果がなければ承認しない制度を導入しています。日本は、このような制度の導入の検討も含め、大きな岐路に立っています。

石　ある現役医師は、「このままでは医療制度が崩壊する。75歳以上の延命治療は控えろ」といっています。一方で、「治療効果が高いなら、高齢者でも使わせるべきだ」という人もいるでしょう。このように様々な国民の声を、どのように受け止めるのか、議論を始めないといけません。

もっと国民の負担が大きくなってもいいから、今の制度を続けるのか。そのときには、とりわけ、若い人たちに負担を強いることになるでしょう。それとも、受けられる医療について、ある程度の制限を加えるのか。これは、若者からお年寄りまで、国民全体の同意が必要だと思います。国民的議論が必要です。

僕のように社会復帰という目標がなく、子どもも既に自立している場合、年齢も80歳に近いのだから、じきに死ぬのが当たり前です。不幸を嘆いたり、わめき散らしたりするのはやめた方がいいです。のんびり、息がある限り好きなことをやっていこうという心境です。このような境地になれたのは、既に述べましたが、働き盛りのときに十分にやり尽くしたという達成感・満足感があるから。そのため、ジタバタしないで、深刻な現実を受け入れることができたのだと思います。現役世代の人たちは精いっぱい生きてください。そして、人生の終わりに近づいたら、自分の人生の幕を引く仕方を考えてください。まさに、「終活」ですね。

膵臓がんとわかってから、まだ7ヵ月ですが、今までに経験したことがないことを多く経験しました。お医者さん、看護師さん、情報交換をし合うがん仲間……。がんを経験しなければ出会うことはできませんでした。全く別の世界を見た感じがします。家内もそういっています。あえていうならば、がんになったおかげで、人生の色彩が豊かになったのではないでしょうか。

垣添　がんになった意味というのはあると思うのです。高齢者は認知症になることもありますが、そうなると、どのような死を選ぶのか、選択できなくなります。がんになって、徐々に衰えていくというのは、幸せな死に方かもしれません。小さい頃から、人間はいずれ死ぬんだということ、いわゆる死生観を学ぶ必要があると思います。子どもに対するがん教育が今、始まっていますので、少しずつ、意識が変わっていくと思います。

＊この対談は、『中央公論』２０１７年3月号に掲載された「末期膵臓がんでも、私はまけない」を転載したものである。写真とともに、対談の転載を快く許可していただいた中央公論編集部にお礼を申し上げたい。
司会・構成は、坂上博（読売新聞東京本社調査研究本部主任研究員）による。

（写真左より）垣添忠生、石弘光
初出『中央公論』2017年3月号

毎日が自然体——妻からの一言

石　眞美子

健康にはとても自信のあった私ども夫婦にとって、夫の突然の末期がんの宣告は一瞬、衝撃でした。５年前に膵臓に嚢胞が見つかり、それががん化することはごく少ないと聞いておりましたが、念のため毎年検査を受けてまいりました。昨年も健康そのものだったからきっと大丈夫と思っていたところ、検査の結果を見てはじめは他人の画像ではないかと目を疑ったほどです。夫婦で画像を見ながら医師の丁寧な説明を受け、翌日すぐに別の病院でセカンド・オピニオンを拝聴しているうちに、私は夫に起こっている現実を冷静に受け止めるようになりました。

それからは自分でも不思議なほど気持ちの切り替えは早く、何とかできるだけ長く元気でいてほしい、私に何ができるか、今の状況に一緒に立ち向かうぞという闘志といいますか意地のようなものが湧いてまいりました。それからはがんに関する本もたくさん読みました。今日で末期がんの宣告から14ヵ月が過ぎましたが、今のところ大きな腫瘍を抱えながらも元気に普通の生活ができていることに感謝でいっぱいです。

抗がん剤治療しか選択肢がない中で、想像していた以上にその副作用が大きいことに驚きました。元気な身体が薬を入れるごとに悪寒、湿疹、口内炎、味覚障害、脱毛、便秘、手足のしびれ、皮膚や爪の変色と、次々に苦しめられています。けれどそれは、夫の場合、我慢のできる程度ですから、命をつなぐために自分に合った抗がん剤があってよかったわねと励ましております。主治医の先生も、夫の身体に起こる変化の申し出に耳を傾け、一緒に考えてくださいます。それが大きな信頼と安心感となっております。薬の点滴を受ける前に必ず血液検査がありますが、今のところ白血球の減少も少なく順調に薬の投与を受け、がんが休眠状態にあることをとても嬉しく思います。QOLを保ちながらできるだけ長くこの状態が続いてほしいと祈るのみです。

夫は太りやすい体質で、病気になる前はあまり料理を作り過ぎないでくれと申しておりましたが、今はとにかく食べないと痩せてしまうので、三食とも栄養満点の食事をとっております。抗がん剤治療に入ると、一晩で1.5kgから2kgほど減少しますから、体重維持のためにはたくさん食べなくてはなりません。食べたいものをできるだけ栄養を考えたうえで食べてほしいと思い、台所に立つ時間も長くなりました。毎朝、その日の身体の調子に合わせて三食の食事メニューを相談し考えるのが日課となりました。健康なときは魚と野菜、そしてバランスのよい食品群を組み合わせての食事作りでしたが、今はとりわけ肉類を多くとらないと痩せてしまいます。脂肪分の少ない肉類を中心とした、タンパク質を欠かさないメニューにすると体重を維持できるようです。私も当然同じものを食べておりますから、量を夫の3分の2にしておりますが、それでも太ってくるという問題が出てまいりました。けれど、これから起こるかもしれない重労働を引き受けるには丁度よいのかもしれません。

私どもは食べることが大好きなこともあって、食事こそ命の源と考え、毎日の食事には力を入れてきました。バランスのよい食事、お酒はほどほどに、たばこは吸わないなど国立がんセンターがまとめた「がんを防ぐための新12か条」は若い頃からすべて実践しておりました。そのうえ、予算の許す限り、できるだけ添加物のない調味料や加工品、農薬を減らした野菜を使って料理しておりました。ですから国民の2分の1ががんになる時代といえ、わが家はまだ先のことと考え、安心しておりました。それが突然の末期がんとは、やはり最後まで人生はわからないものだと感じております。

これは私どもに課せられた試練だと考え、その日が来るまで、これからも身に起こる変化を受け入れながら毎日を大切に暮らしていこうと思います。

最後になりましたが、心配し何かと支えてくださっている皆様に心からお礼申し上げます。

また夫の原稿を読んでくださって急遽、私にも書くようにと背中を押してくださったブックマン社の小宮編集長にお礼申し上げます。

2017年8月12日

結びに代えて

膵臓がんが見つかってから、はや1年2ヵ月が経った。その間は苦闘の連続であったが、よき病院、信頼のおける主治医に恵まれどうやら乗りきった。おそらく数多《あまた》いるがん患者の中で、最も恵まれた一人ではないかと思う。

しかしこのような苦しい生活を乗りきれたのは、ただ漫然と医師の指示に受け身で従い毎日を過ごしてきたからではない。私は患者として積極的にがんと向き合ってきたわけである。私は、患者の側としていくつか心すべき点があると思っている。これらの諸点を次の5点にまとめておこう。

まず第1に、形式的な病名に脅かされるなということである。私の場合、最も治療が難しく生存率も低いとされる膵臓がんで、しかも最悪のステージ4bの診断が下されたのだ。この診断を聞いただけで、気持ちが萎えただ死を待つだけだと絶望感に陥る人もいるだろう。だがこんなことではないということを、私は元気な末期がん患者として示したいと思っている。

第2に、体力、気力を絶えず充実させておく必要がある。がんという強敵と対峙しているわけだから、こちらもそれなりの陣営を築いておかねばならない。それが身体的には体力であり、精神的には気力である。体力は三度の食事に気をつけ、自宅などでのストレッチや外出で歩くことによって維持している。気力はその人の性格によるものが大きいともいわれるが、がんに立ち向かうためにはより挑戦的になるべきだ。

第3に、苦しいがん治療、その生活は患者独りの力のみでは、とうてい乗りきれるものではない。私の場合、献身的に面倒を見てくれる家内がおり、また近くで温かく見守ってくれる家族がいる。このような環境は病気になったからといって、急にでき上がるものではない。高齢者に仲間入りする前から、大事に育てておくべきものである。

第4に、主治医との信頼関係をしっかり築き、自分の病状・治療について何でも積極的に尋ね、受け身でいるだけの患者にならないことだ。がんと患者自身が主体的に向き合う必要がある。抗がん剤の副作用の苦しみなど、経験した患者の側にしかわからない。耐えられなくなったら、遠慮なく主治医にそう言って変えてもらったらよい。

第5に、日常的に手軽に楽しめる趣味を豊富に持ち、QOLを高く維持し、がんに罹患していても人生を楽しむべきである。がんは、自宅で静養すればいいというものではない。家の外でも機会を見つけて、積極的に活動するべきである。私の場合、囲碁であり散歩、旅行そしてプールでの水中ウォークなどである。毎日これらの諸活動で結構忙しく、がんのことなどしばしば忘れている。

以上のことを一言でいえば、「前向きに生きる」ということである。がんになったら、後ろを向きうじうじ思い悩むのでなく、前を見据えて積極的に行動することが肝要である。とはいえ人の性格は様々なものである。これまで述べたことは、私の個人的な思い入れに過ぎない。自分のライフスタイルにあった生活方針を探し、実践するべきであろう。

最後に、本書を書き終えてから1ヵ月半の間のがんならびにがん治療の進捗状況を書き記しておきたい。7月初めに、恒例の前立腺がんの術後の定期検診にがん研有明病院へ出掛けた。その折、エコー検査で腹部を丁寧に診てもらったが、1年前と比べ膵体部のがん自体はSD（不変）のままで、肝臓への転移はなし、また腹水も見当たらないということで安心した。

ところが前々からの腰痛の悪化に加え、新たに右膝痛が起り出し、膵臓がんの骨への転移が疑われた。このため7月最後の日に、PET検査を受けることになった。検査結果は、「転移病変なし」「骨も大丈夫」ということで問題ないことが判明、ほっとした。これで腰痛、膝痛は純然たる整形外科の病変で、治療を受ければよいということとになった。

ほぼ3ヵ月ごとに、がんの状況を調べるために造影剤を入れCT検査をしている。8月14日（月）にこの検査が行われ、18日（金）に伴先生から説明があった。結果は、前回の5月12日と比較して全体として良好であった。膵体部がん本体は直径22㎜と全回の30㎜より萎縮、膵尾のがんも委縮し、その他腹部やリンパ節への転移はないとのこと。ただし、肺に多発性転移している箇所が少し増大したとされたが、伴先生がスケールで図ったところ、前回と比べ殆ど同じ程度で心配することはないとのことで、ほっと一安心した。

同日に採血をした結果、CA19－9も27．3になっていた。前回の32．2より更に低下し、アブラキサンの効果が顕著なことがわかり、今後の治療方針も立てやすくなったようだ。

目下、目標通りに「がんとの共存」が実現しているようである。がんは新たな転移もなく、全体としてSDの状況を維持しているといえよう。問題は今後この状況を、如何にかつどのくらいの期間維持し得るかだと思う。

（2017年8月19日記）

参考文献

直接に各章で引用した文献をリストアップした。

伊佐地秀司監修『すい臓の病気と最新治療&予防法』(日東書院　2016年)

跡見裕・阿部展次『「膵がん」と言われたら…』(保健同人社　2014年)

奥野修司『がん治療革命―「副作用のない抗がん剤」の誕生』(文藝春秋　2016年)

垣添忠生『がんと上手につきあう法』(日本法制学会　1996年)

勝俣範之『「抗がん剤は効かない」の罪』(毎日新聞社　2014年)

小林博『がんを「味方」にする生き方』(日本経済新聞出版社　2014年)

近藤誠『患者よ、がんと闘うな』(文藝春秋社　2000年)

――「抗がん剤は効かない」(『文藝春秋』2011年1月号)

――萬田緑平『世界一ラクな「がん治療」』(近藤誠と共著)(小学館　2016年)

佐々木常雄『がんを生きる』(講談社現代新書　2009年)

関原健夫『がん六回、人生全快』(復刻版)(ブックマン社　2016年)

高野利実『がんとともに、自分らしく生きる』(きずな出版　2016年)

竹中文良『医者が癌にかかったとき』(文藝春秋社　1994年)

――――『がんの常識』（講談社現代新書　１９９７年）
立花隆『がん　生と死の謎に挑む』（文藝春秋社　２０１３年）
田部井淳子『再発！それでも私は山に登る』（文藝春秋社　２０１６年）
長尾和宏『抗がん剤10の「やめどき」』（ブックマン社　２０１３年）
――――『長尾先生、「近藤誠理論」のどこが間違っているのですか？』（同右、２０１５年）
藤野邦夫『ガンを恐れず――ガン難民にならない患者学』（角川書店　２００９年）
門田守人『がんとの賢いつきあい方』（朝日新書　２０１６年）
柳田邦男『新・がん50人の勇気』（文藝春秋社　２０１２年）
頼藤和寛『わたし、ガンです　ある精神科医の耐病記』（文藝春秋社　２００１年）
山崎章郎『僕のホスピス１２００日』（海竜社　１９９５年）
キューブラー・ロス『死ぬ瞬間』（読売新聞社　１９９８年）

Looking for a blue bird....

石 弘光 (ISHI HIROMITSU)
一橋大学名誉教授。1937年東京生まれ。一橋大学経済学部卒業。同大学院を経てその後、一橋大学経済学部助手、専任講師、助教授、教授、学長(1998-2004年)。退職後、2007-11年の間、放送大学の学長を務める。その間、政府税制調査会会長(2000-06年)、財政制度等審議会委員、経済審議会委員、金融制度調査会委員などを歴任。経済学博士。専門は財政学。主な著書として、『財政構造の安定効果』(勁草書房、毎日エコノミスト賞)、『租税政策の効果』(東洋経済新報社 日経・経済図書文化賞)、『財政改革の論理』(日本経済新聞社 サントリー学芸賞)、『現代税制改革史』(東洋経済新報社 租税資料館賞)、『税制改革の渦中にあって』(岩波書店)、『国家と財政——ある経済学者の回想』(東洋経済新報社)など。2010年には、前立腺がんのことを綴った『癌を追って ある貴重な闘病体験』を出版。2016年6月に、膵臓がんステージ4bとの診断を受け、治療を続けている。

末期がんでも元気に生きる
——「がんとの共存」を目指して

2017年10月30日　初版第一刷発行

著者　石 弘光

協力　関原健夫
　中央公論新社
カバーデザイン　片岡忠彦
本文デザイン　谷敦（アーティザンカンパニー）

編　集　小宮亜里　黒澤麻子
発行者　田中幹男
発行所　株式会社ブックマン社
〒101-0065　千代田区西神田3-3-5
TEL 03-3237-7777　FAX 03-5226-9599
http://www.bookman.co.jp

印刷・製本　凸版印刷株式会社
ISBN 978-4-89308-889-5